山口泉

重力の帝国

La Imperio de Gravito

——世界と人間の現在についての十三の物語

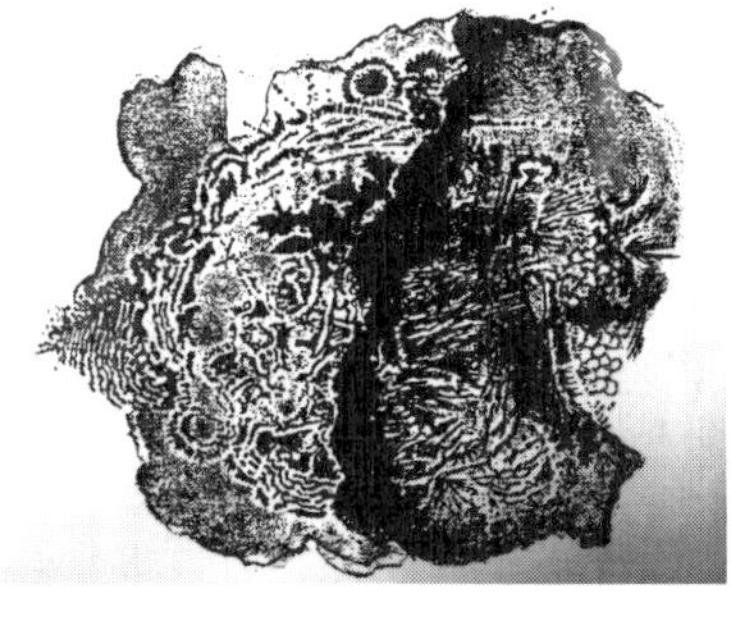

オーロラ自由アトリエ

重力の帝国——目次

Ⅲ　冬の無言

装画——山口泉
カバー・表紙『夢の化石』（一九八六年／腐蝕銅版画）
扉『病める世界のために』（一九八六年／ドゥローイング）
装幀——知里永

重力の帝国

——世界と人間の現在についての十三の物語

ばらばらにされた、
散り散りの、
しかし——
なお、断念しない、
一人一人に

序章〔これらすべては、ほんとうにそのとおり……〕

周囲はあくまで暗く、しかし鉄粉を溶いたような夜陰を透かしても――舗装されたのは遙か昔らしい、だからもうすっかり凸凹《でこぼこ》になった路面に、依然、細かな雨粒がよろけるように跳躍するさまが（貴方《あなた》には）はっきりと看《み》て取られるのだった。まだ、雨は降り続いていたのだ。

その向こう……狭い、荒れ果てた歩道がひときわ深ぶかと陥没し、アスファルトの窪みに水溜まりができた手前で、子どもは脇を向いて蹲《うずくま》ったまま、相変わらず、先刻と同じ動作を執拗に繰り返している。手にした丸く重たげな塊を、足もとの路面に溜まった雨水に浸《つ》けては口に運ぶという――それを、気が遠くなるほど規則正しく――。

その子は、トマトを齧《かじ》っていたのだ。ちょうど自らの握り拳ほどの、路面にできた窪みに溜まった雨水に、子どもは肩から斜めに懸けたズックの袋から取り出した岩塩のひとかけらを溶かし込んでおり、そして手にしたトマトを、小さな鹹湖《かんこ》ともいうべきそこに涵《ひた》しては、それを――食べるというより、むしろ最初に齧り取った部分に染み込む塩水を啜っているらしいという、そんな一連の事情が（……なぜか、貴方には）瞬時に諒解されるのだった。

　防風眼鏡付きの、なんとも古めかしい、耳宛てが左右とも罅《ひび》割れて不格好にめくれ上がった……おそらくは玩具《おもちゃ》の、薄汚れた帆布地の飛行帽を被った子どもだった。見たところ、十歳にはなっているだろうか――。


　その子は、貴方がずっと自分を注視していることを、よく承知しているはずだった。それなのにこちらにはまったく目もくれず、濡れて冷えきった路面に無造作に片手を突き、同じ単調な仕種《しぐさ》を、まるで何時間も前からからそこでそうしつづけているかのように黙黙と反復している。

　――どうした事情でか、両の鼻孔にきつく詰められた脱脂綿らしきものは、もうずいぶん長いこと、取り替えられていないことが（貴方には、不意に）確信されるのだった。

　粗末なズボンは、ひと目で、すでに丈が合わなくなっていることが分かる。それが雨水にじっとりと湿っているのを意に介する風もなく、子どもは濡れそぼった運動靴の踵《かかと》を履きつぶした素足を、左右とも、路面に無造作に投げ出している。


　……さきほどから、あたりに急速に強まり始めた匂いには、何か、自分自身の内部のうす黒い甕《かめ》の、そのたぶん最も底に近い深みから――ある種、できればなんとしても思い出したくない忌まわしい色合いを帯びた「連想」の手繰り出す、半ば以上、朽ち果てかかった記憶の繊維を、さらにとめどなく解《ほぐ》しながら、おもむろに浮かび上がらせるかのような、疎ましい作用があった。

いまとなっては見るも無惨にぼろぼろになった、そうした切れ切れの幾片かを、それでもやむを得ず闇雲にかき混ぜ、摑《つか》み取ろうとするうち……貴方は、周囲に立ちこめる、あたかも鼻腔粘膜に鑢《やすり》をかけられるようなその強烈な臭気が、次第に、一種鉱物質のざらざらする手触りを持ったもの――強いて喩《たと》えるならカーバイドを焦がしたときに出る灰褐色の煙と、どこかしら似通うところのあるものに変わりだしているようにも感じていた。


そうだった。ここになお、こうして留まっているのは、貴方がた――ただ二人だけだったのだ。貴方がたのほかには、すでにここには誰ひとり、残ってなどいなかったのだ。

その事実に、最後の最後になってようやく思い至った自分の迂闊さを、貴方は途方もなく重大な過失のように悔やんだ。

だがそのとき、すでに子どもはいつのまにか、貴方の足もとにしゃがみ込み、嘲《あざけ》るようにこちらを見上げている。

貴方は息を呑む。なぜなら、その子の目は左右とも――上下の瞼の舟形のあわいが、ただ、べっとりと赤錆色に塗りこめられているだけだったから。

「ふふん!」

相手は貴方の驚愕を確かめると、満足げに両の拇指《おやゆび》と人差指とをそれぞれの目に差し込んだ。

……その子が両目から取り出してみせたのは、二枚の十円玉だった。子どもは両の目にそれぞれ、古びた十円玉を嵌《は》め込んでいたのだ。

だが、案の定――そんな無鉄砲な悪ふざけをされた眼は、角膜と結膜の区別もつかぬほど、ひどく爛《ただ》れ、腐敗した金魚の背のように真っ赤に充血している。傷つくばかりではない、感染症の懸念もあるだろう……。


しかも、そうした貴方の心配をよそに、その子は両眼から得意そうに取り出したそれら二枚の赤錆びた十円硬貨を、こんどは齧りかけのトマトの歯形の上に並べて突き立て、無造作に貴方に差し伸べる。

「へへん！」

まだ青いトマトの生臭いそれに混じって、噎《む》せ返るような金属臭がした。食べろということだろうか。貴方はその意味を計りかね、困惑する。

――いや、そうではないらしかった。子どもは次の瞬間には、そのトマトを十円玉ごと、丈の短くなったズボンのポケットに無造作に抛《ほう》り込んだのだったから。

そして心得顔で右斜め後ろを指さし、呟く。

「あっち……」

そこで不意に貴方は自分が、先ほど来の匂いは、そもそも、どこから漂ってきているものなのか――それを、その子に尋ねようとしていたことを思い出した。

貴方は目を凝らす。しかし、いくら示された方角を見つめようとしても、焚き火の煙が沁《し》みるような烈しい痛みに、二秒と眼を見開いていることはできない。瞳が、さながら昇汞水《しょうこうすい》ででも焼灼《しょうしゃく》されるかのようだ。

「――あっち」子どもは繰り返す。

いつのまにか、雨が上がり始めた西の空は、発疹《ほっしん》のように明るんでいた。地平線の、そのあたり一帯には硫黄《いおう》色の閃光が瞬《またた》いている。火が燃えているようでもあった。

少なくとも、何かしら、ただならぬ事態が発生しているらしいことは、もはや疑いない。一体、何が起こったというのか。

空気はじっとりと湿り、あたりに立ちこめる臭気は、たとえば牡蠣《かき》殻を焼くような石灰分の焦げる匂い――明らかに古くなった、もしかしたら、かなり傷《いた》みが進んでさえいるかも知れない甲殻類を、ことさら調理しているかのようなそれへと変わりつつあった。誰のために、わざわざそんなことをするのか……。

舌の付け根から酸《す》い唾液が溢れ出した貴方は、その口腔の感覚も含め、すべてを夢のようだと感ずる（――ないしは、努めて、そう感じようとする）。

まもなく眼醒める直前の、水底《みなぞこ》に横たわった自らの額に、乳白色の陽光が水を透けて降り注いでくるかのような……。

だが、そうした貴方の心の動きをすべて見透かしたかのように、その子は貴方をじっと見上げ、おもむろに口を開くのだ。

「夢じゃ、ないぞ」

言って、子どもは笑った。

「夢なんかじゃ、ないんだ」

貴方はゆっくりと、嗚咽《おえつ》し始める。

——そうだった。これらすべては、ほんとうにそのとおり、実際に起こったことだったのだ。

「ここだ」

相手は、途方もなく長生きした老人のように嗄れた、どうにも聴き取りづらい掠《かす》れ声で、なおも念を押すように低く呟くのだった。

「ここで、終わりなんだ」

貴方の嗚咽は、ほどなく、とめどない号泣へと高まってゆく……。

Ⅰ　灰色の虹

第一話　原子野の東

甲虫の羽音のような……否、むしろ摘《つま》んだ指のあいだで砂鉄をすり合わせ軋《きし》ませるような、細く鋭い、耳鳴りに似た響きが高まりつつあった。そしてそれは、ひとたびそう意識してみると、実は初めからずっとこの場を――《私》たち三人の出くわした長い筒状の空間を、噎《む》せ返らんばかりの金属臭とともに包んでいたことが分るのだった。

口腔いっぱいに、長く使われていなかった水道の蛇口をむりやり捻《ひね》ったとき出てくる水の、古びたゴムと金属の臭気に満ちた味が拡がりだしていた。《私》は、寒さを感じた……。

「春菜さんと――翔太君だよね？」

ことさら快活に《私》は二人に声をかけた。

「うん。そうだけど……」それまで近づく《私》に気づかず、身を横たえたまま、とある大型哺乳類の話を途切れ途切れにしていた少年は、顔を上げ、同じように顫《ふる》えながら傍らに寄り添う姉を振り返る。

「幸福安全小学校の……五年生と、三年生だったたっけ？」問いを重ねる《私》に、今度は少女の方が短く応じた。

「どうして、わたしたちの名前を知ってるんです？」

翳歯目《げっしもく》の小動物のように黒目がちの眼差しを向けた姉の声には、警戒心よりも、やはり濃い疲労と衰弱が滲んでいる。少年の鼻孔と少女の口許には、何日か前の出血の痕《あと》が、それぞれ岱赭《たいしゃ》色の粉末となって、まだ拭いきられずにあった。

「逃げ遅れた人たちがこのあたりに閉じ込められていることが、突き止められてね――。私が、派遣されてきたのさ」

「助かるの！」

少年は短い叫びを上げた。少女が苦しげな息遣いで、それに注意深く問いを被せる。

「ここから、出られるんですか――わたしたち？」

「いや……。まだ、なんとも言えない」《私》は言葉を濁した。

「いろいろ、状況を調べてみなくちゃいけないんだ。だから、少し話を聴かせてくれるね？　子どもで、このあたりに残っているのは、もう君たちだけなんだ」

髪はセメントの粉塵にまみれ、それを普段着にしているのか、いずれも濡れそぼり汚泥にまみれた体操服姿の姉と弟は、よく見れば、とてもよく似ているのだった。聡明そうな視線をこちらから離さない二人の脇に腰を下ろすと、それまで靴底からのみ伝わっていた、じっとりとした地表の感触が、今度は作業ズボンの尻から直《じか》に襲ってくる。

〈なんと精妙な……。忌忌しいほどに！〉──《私》は驚嘆しながら、同時に内心、素早く舌打ちした。いまから三十五年前に構想され、四半世紀前には発表されていた技術は、改良に改良を重ねられ、ついにここまできたのだ。ここまでの発達を、私たちの科学は遂げたのだ。

〈こんな装置ばかりが──〉

「でも、おじさん──助けに来てくれたんだよね？　どうやって、ここが判ったの？」

尋ねる弟に、

「ほんとう。よく来られましたね。携帯も、すぐ電池がなくなっちゃったから……諦めてたくらいなんです」

そう言葉を添える姉の口調はひどく大人びていたが、口内炎が起こっているのか、発音はずいぶん辛そうだった。《私》は、自分自身が、歯茎から滲み出る血の味を感じたような気がした。

「うん。まあね」

私はさらに曖昧に肯《うけが》った。現段階でなら、なお、かろうじて呼気の炭酸ガス反応と赤外線による熱探知システムとで、生存者の位置は数メートル程度の誤差で把握はできるのだ（それも、当人たちが明らかな高熱を発しているのだから──）。

「人がいっぱい、死んだんでしょ？　《灰色の虹》が出て……」

少年の言葉に、少女は《私》を凝視する。二人の頬には、早くも細かな紫斑が微《わず》かに浮かび始めていた。

——そうだ。《私》の眼裏《まなうら》には、依然として、夥《おびただ》しい光の斑点が明滅していた。同心円。解《ほど》けた螺旋《らせん》。ゼニゴケの如き、毛氈苔《モウセンゴケ》のごとき、青痣《あおあざ》のごとき染み。滲んだり、腔腸動物のように伸び縮みしたりする、絡み合った紋様。そして、ぶちまけられ散乱する、それら雲母《うんも》の砕片さながらの煌《きら》めきは、この薄明に視線を移動させるたび、悪ふざけのように痙攣しながら、決まって《私》の視界の中心に、たちまちその位置を占めるのだ。


燐光だった。実際に燐が燃え上がる、その残像なのだ。あの、白地の中央に赤丸を染め付けた帯状の布を額に巻いた青年たち(なかには少女も)——近年、隆盛を誇る《救国蹶起隊《けっき》》や《護国赤心隊》、《報国青年団》……等等の決死隊の面面が「中和剤」のボンベを抱え、機種更新のつど、政府が《重力の帝国》から買い付ける、「鶚《ミサゴ》」の〝愛称〟の冠された垂直離着陸輸送機から降下しては、灼熱の「炉」へと、次つぎ身を投じてゆくたび……その瞬間、彼らの桜色や硫黄色の飛行服に包まれた若わかしい肉体を構成するうち、最もきらびやかに燃焼する原子番号15・元素記号Pの物質が、口を開けた「炉」から宙空へと、水中花火のようにきらきら閃《きらめ》き、舞い立つのだった。

〈——むろん、こんなのは不合理の極みだ。けれど、不合理こそが、この国の〝国是〟なのだ〉

そんな四基の巨大な「炉」がよろけるように互い違いに聳立《しょうりつ》する黒ぐろとした丘の麓を迂回し、引き入れられた潮汐水路と交叉する干上がったクリークの奥に、一組の姉弟を探して辿り着くまで……きょうだけで《私》は、何十組に上る、彼ら「特防」——祖国特別防衛隊員らが瞬時に蒸発する燐光を目にしてきたことだろう。

……だが、有り体に言えば《私》たちは、そもそも彼らがとうてい巧みとは賞讃し難い、観念的で類型的な「辞世」の歌や句を詠み、用意された自決用静脈注射——《重力の帝国》の分子生物学者・生化学者・医師・製薬会社の合同チームが、緑色II号の塩基配列を操作し〝最終生物兵器〟として「開発」した〝未来永劫、絶対に治療不可能〟と鳴り物入りのウイルス・赤色XI号——の一筒を、僅か数十秒で一気に打たれた結果、蒼白となった顔貌とうらはらに、脈拍二〇〇を越える動悸に声を高ぶらせながら「我等モトヨリ生還ヲ期セズ」と覚悟の宣誓をする……その「出陣式」に立ち会い、それら一切を平然とカメラに収めてもいたのだった。それどころか、その模様を世界同時生中継したのも、ほかならぬ《私》たち——《イムペリーオ・ヤマト国営放送》なのだったが。

この期に及んで、なお、自らの〝息災〟だけは、あくまで疑うまいと言い聞かせつつ——。


「おじさんも、来るとき、死んだ人を見た？」

「訊かないの。そういうこと——」

少年の問いに《私》が答えるより先に、姉が弟をすばやく窘《たしな》めた。

「みんな、その時いる場所が、そのまま〝お墓〟になるんだ——って。こういう時は、それでも構わないんだって……〝ここ〟に入る前の晩に、テレビで、偉いお坊さんが言ってたわ」

……たしかに《私》も知っている。ホバークラフトの透明アクリルのカプセルのなかに分厚い緋毛氈の座布団を敷き、金襴子《きんしゅす》の法衣をまとった尊大な面持ちの僧侶が、軍の防護隊に先導されながら、あたかも一瞬たりとも停止すまいと固く心決めしているかのように、堆《うずたか》く積もった厖大な〝虹色の灰〟の層を砂嵐のごとく事もなげに吹き飛ばし、大気中に飛散させながら、高速でこのあたり一帯を移動しているのは。

「うん、ぼくも観たよ。大人より、子どもの方が……先に死んじゃうんでしょ？　〝虹色の灰〟のせいで――。そう、テレビで言ってた」

少年は応じ、こんどは姉が黙ったままなので、明らかな高熱に喘ぎながら続ける。

「世界中の子どもたちが、みんな死んだら……どうなっちゃうのかなあ」

――いや、そうではない。そんなことは決してなく〝彼ら〟は、すべての子どもが死に絶えることなど絶対にないと堅く信じているのだ。地球の周回軌道に二百年、プルトニウム２３８の半減期の少なくとも倍以上、光合成クロロフィル装置と《世界最終戦争》の開戦命令コードの乱数表の入ったジュラルミンのアタッシェ・ケースを携えて留まり続け……そして〝品評会出品級《コンクールコンディショングレード》〟の健康優良なヒト遺伝子を再生産し続けるつもりでいる、あのＵＡＤ《重力の帝国》＝〝貪婪な大腸〟合衆国（ウソーノ・アヴィーダ・ディカインテスト）の「最上流階級」の親たちは。

〈そして、さもあらばこそ、最後の最後まで、ただおのが子どもたちの「幸福」を確認したいがためだけに、莫大な資金の投ぜられる、この〝企画〟もあるのだ〉

――それは何かに似ていた。いかにも、それはポルノグラフィに似ていた。《私》の同僚は、自らを簡潔に「青色映画製作者《ブルーフィルムメーカー》」と規定していた。

「すみません」

その時になって、ようやく少女が遠慮がちに切り出した。

「もし、できたら――水と……何か、食べる物をいただけませんか？　なければ、水だけでも」

その慎み深い口調は、当然のように《私》を遁れ難く気詰まりにさせるのだ。このかん、二人が決して両親の安否についてだけは語ろうとしないのと同様に。

少年も黙って顔を上げた。一方、少女は《私》の沈黙に、いち早く何事かを察した様子だった。

「え……どうしたの？　お姉ちゃん」

唐突に《私》に背を向け、自分の方に向き直った姉の表情に、何かしら、おそらくはただならぬ変化を看《み》て取ったのにちがいない。私は、鳩尾《みぞおち》深く胡桃《くるみ》を押し込められた人のような胸苦しさを覚えた。

「さっきの――なんてったっけ？　何千万年も前の、おっきな犀《サイ》の仲間のこと」少女の声音は、すでに顫えるような強張《こわば》りを帯びだしている。

「〝ぱらけらてりうむ〟だけど……」

問いかけられた少年は、姉を凝視してゆっくりと続けた。

「お父さんやお母さんと《ワンダー・パーク》へ行ったとき、満員で入れなくって……代わりに見たでしょ？　科学博物館で〝ぱらけらてりうむ〟の化石の〝全身標本〟――。マンモスよりか、でっかくて……超かっこいいんだぜ！」

苦しげな息を継ぎながらそこまで言ってから、不意に少年は《私》に声をかけてきた。

「ねえ。さっきから、おじさんの見え方が変だよ。曲がって、ちらちら透きとおって……。ぼくが病気のせいかなあ」

いや、そうではないのだ。すでに電波が乱れ始めている。それほどまでに〝ここ〟の線量は高いのだ。

「知ってるわ。あなた、ほんとは〝ここ〟の人じゃないんでしょう？」

言って、姉がゆっくりと《私》を振り向く。

「だって、来られるはずがないんだもん。とっくに、誰も近づけなくなってるっていう〝ここ〟に。ほんとは、遠くの……きっと東京のテレビ局にいるのを〝ここ〟にいるみたいに、わたしたちに、ただ映してるだけなんでしょ？」

それまで一度も見せたことのなかった老人のような風貌となった弟の目より、むしろほとんど無表情な姉の視線を《私》は避けようとした。

「見世物じゃないのよ」少女の押し殺した呟きはひどく大人び、まるで老婆のようだった。その声音の暗さ以上に、どこかで聞き覚えたらしいそんな文句を口にする、まだ幼い姉の全身から噴出する嫌悪と侮蔑が、《私》をしたたか刺し貫いた。

もう中継は終わりだというディレクターの苛立たしげな指示が、骨伝導イヤフォンに響く。

「最低——だね」

《私》をまっすぐに見つめ、ゆっくりと告げる少女の貌は、いつのまにか急速に紫斑の数と面積、その濃さを増していた。《私》は両の拇指《おやゆび》のささくれを闇雲に掻き毟《むし》った。

「最低、だね」

少女がもう一度、繰り返すのと、《私》の三次元仮想人物《アバター》の視界スクリーンが閉じられるのとは、ほぼ同時だった。


しかし、明らかに調整室の失策なのだろう。

〈早く集音マイクも切れ。何をしている！〉

――そう口走るディレクターの叱責をよそに、坑道からの音声だけは、まだ続いているのだ。

「生きてる〝ぱらけらてりうむ〟を、見てみたかったなあ……」

そう、少年の言葉が漏れたあと――長い、長い沈黙を経て、少女の啜り泣きが伝わってきた。

「翔ちゃん。苦しかったね」

喘ぐような嗚咽《おえつ》がひとしきり続いてから、姉は小さく笑った。

「いつか、わたしたちの化石もできるかしら」


そして、すべては聞こえなくなった。

第二話　久遠ノ宮ヨリ……

――全国の良い子の皆さん、こんにちは。きょうも、イムペリーオ・ヤマト国営《ラジオ第二放送》『気をつけ！　小さな愛国者たち』の時間がやってきました。

さて、毎週木曜日は『ラジオ道徳講話』。今回は、催馬楽《さいばら》第二国民学校のお友だちと一緒に、トキーオの真ん中……ここ《久遠之宮《クオンノミヤ》》から生中継で、番組をお送りします。

それにしても、満開の桜が、なんて綺麗なんでしょう……！　まるで空いっぱいの巨きな孔雀が、薄紅色の羽を音もなく拡げたみたいな眺めです。

こんな境内で、きょうは、我が身を捧げて御国に尽くしてくださった、皆さんのお兄さんのことを勉強します。私は、司会の修徳女学院大学准教授・後醍醐千波（女性学）です。よろしくね！

今回は、とっても大切な講話です。皆さんも、覚えているでしょう？　去年、催馬楽第二国民学校にお話に来てくださった朝稲左千夫少尉を――。朝稲少尉、あのときは陸軍曹長でいらっしゃいましたが、このたび二階級特進され、少尉に任官されました。そして「神様」として……今、ここ《久遠之宮》に祀《まつ》られておられるのです。

……あ、そうです。去年から軍人さんの位の呼び方も変わって、前は「二尉」とか「一佐」とか、味気ない言い方をしていたのですが、やっと私たちの国の伝統的な、おくゆかしい、本来の正しい呼び名を用いることができるようになったのです。皆さんの学校が「小学校」から「国民学校」に戻ったのと一緒ですね。ですので、朝稲左千夫少尉です。

きょう、皆さんに御紹介するのは、その朝稲左千夫少尉の――『遺書』です。少尉が《灰色の虹》への中和剤投入という崇高な任務に殉ぜられる直前、出撃までの慌ただしい時間に書き遺された、尊い御言葉です。

少尉は、御自分がかねがね崇敬しておられた、かつての「聖戦」の英霊の方がたに倣《なら》って文章を綴られています。なので、皆さんにはまだ少し馴染みのない、難しい言葉遣いもあるかもしれません。けれど、私たちは心してそのお手紙を読まなければいけませんよ。いいですね？

親愛ナル、いむぺりーお・やまと臣民ノ皆様。朝稲左千夫デ有リマス。

皆様ガ、自分ノ此ノ手紙ヲオ読ミ下サル頃、自分ハ既ニ、此ノ世ニハ居ナイデ有リマセウ。

……モトイ、居ナイノデハ有リマセヌ。忝《カタジケ》ナクモ神ト成ツテ《久遠之宮》ニ居ラセテイタダクノデ有リマス。

――そうです。ここ《久遠之宮》で、まさに今この瞬間にも、朝稲左千夫少尉は、私たちを見守っていてくださるんです。

朝ガ来レバ、自分ハぢゅらるみんノ筒ニ詰メラレタ五十瓩《とん》ノ中和剤ヲ背負ヒ、アノ《灰色ノ虹》燃エ立ツ「炉」ヘト突入スルデ有リマセウ。愛スル祖国ガ、此レ以上、舞ヒ散ル〝虹色ノ灰〟ニ汚サレヌ為ニ。

今ヤ、此ノ国ハ、何処《ドコ》モ彼処《カシコ》モ〝虹色ノ灰〟ニ塗《マミ》レテシマヒマシタ。残サレタ救国ノ道ハ、唯、此ノ一身ヲ擲《ナゲウ》ツテ中和剤ヲ「炉」ニ投ズルヨリ他ナイノデ有リマス。

自分ニハ、難シイ事ハヨク分カリマセヌ。然シ乍《ナガ》ラ、祖国ノ汚染ヲ食ヒ止メル、其ノ為ナラ、自分ノ此ノチツポケナ命ナド、少シモ惜シイトハ思ヒマセヌ。モウ、ツベコベ、講釈ナド、要ラヌノデ有リマス。演説ナド、イイノデ有リマス。

――分かりますね。皆さんも私も、なぜいま、こんな顔全体をすっぽり覆う、息苦しい防毒マスクを着け、個人用線量計《ガラスバッヂ》を首から下げていなければならないか？

……そう、すべては《灰色の虹》のせいです。でも、それは全部、私たちが皆、これまでさんざん豊かな生活を送ってきたことの報いでもあるんです。それを、もしも罪科《つみとが》だというなら、私たち全員の罪科です。

自分ハ、母一人子一人ノ家庭ニ育チマシタ。父ノ事ハ、全ク覚エテ居リマセヌ。母モ又、決シテ父ノ事ハ自分ニ話サウトハシマセンデシタ。
其ノ代ハリ、母ハ母ノ両親ノ事――即チ自分ニトツテハ祖父母ノ事ヲ、ヨク話シテ呉レタモノデシタ。

――いいですね。朝稲左千夫少尉のお祖父さんとお祖母さんのお話です。よく聴いてください。

祖父ハ、チヤウド〝聖紀二六〇〇年〟二十一歳デ大陸カラ復員シマシタ。中国戦線デ敵ノ砲弾ニヨリ、手足ヲ全テ失ヒ、故郷ニハ無蓋貨車ニ括《クク》リ付ケタ大キナ甕《カメ》ニ入ツテ帰ツテキタノダサウデス。手足ガ無クナツタ為、体温調節スル皮膚ガ足ラズ、折カラ夏ノ暑イ盛リデ、身体ヲ冷ヤス為、甕ニ入レテ貰ツテキタノダサウデス。故郷ノ駅ニ出迎ヘテ呉レタ人達ニ、祖父ガ甕ノ中カラ歌ツテキタ『佐渡オケサ』ガ、大イニ評判トナツタト聞キマス。
祖母ハ祖父ヨリ何歳カ年上デ、山深イ農村ニ生マレ、三十歳近クナツテ、ソンナ身体ノ祖父ノ許《モト》ニ嫁ギマシタ。大変ナ働キ者デ、聞ケバ、婚礼ノ翌朝、初夜ノ褥《シトネ》ヲ畳ムナリ、野良着ニ着替ヘテ肥桶ヲ担ギ、畑ニ出ヨウトシタノダトカ。天秤棒ヲ掴ンダ姿ヲ見タ姑ガ「イクラ何デモ、セメテ今日位、ソンナコトハセンデ良イカラ」ト、サスガニ止メタノダサウデス。

——では、朝稲少尉のお母様は、どんな方でしょうか。
ここから、お母様の思い出が綴られます。

ソンナ祖父ト祖母トヲ、物心ツイタ時カラ見テ育ツタ母モ、ドンナ苦労モ厭《イト》ハズ、晩《オソ》ク生マレタ自分ヲ、女手一ツデ育テテ呉レマシタ。清掃派遣会社ニ勤メ、昼ハ私鉄ノ駅ヲ回ツテほーむヤ便所ノ掃除、夕方、すーぱーノ買ヒ物袋ヲ両手ニ一杯提ゲテ、あぱーとニ立チ寄ツタ後、夜ハびるノ床掃除ヲ掛ケ持チシテ、懸命ニ働キ続ケタノデシタ。
還暦ヲ迎ヘタ今モ、母ハびる掃除ノ仕事ヲ続ケテヲリマス。

——ごめんなさい。どうしても、声が……詰まってしまって。

母ニハ、此ノ度ノ「出撃」ハ伝ヘテヲリマセヌ。今日ノ事ヲ知ツタラ、ドンナニ悲シムカ……。
然シ、ソンナ母ヤ祖国ノ為ニコソ、自分ハ此ノ命ヲ捧ゲルノデス。
母ト祖国ハ同ジデス。祖国ヲ守ルトハ、母ヲ守ル事デス。ソシテ自分ハ、母ト祖国ノ中ニ——「悠久ノ大義」ニ生キルノデス。

——皆さん。実は私、後醍醐千波も「国家母性論」という学問が専門です。「お母さん」と「御国」とが、もともと同じ一つのものであることを証明するための研究をしているんです。

ですから、朝稲少尉のお気持ちは、とってもよく解ります。

　先程、戦友達ト共ニ水盃ヲ酌ミ交ハシ、拙《ツタナ》イ辞世モ詠《ヨ》ミマシタ。サウシテ最後ノ覚悟ヲ固メル為、軍医殿カラ、人工うゐるす《赤色XI号》ノ静脈注射ヲ打ツテイタダキマシタ。注射ノ列デ我先ニト腕捲《マク》リスル、戦友達ノ頼モシサヨ。

　〃我等モトヨリ生還ヲ期セズ〃——此レデ最早、後戻リハ出来マセヌ。

　今ハ此ノ体中、清スガシイ気分デ一杯デ有リマス。

——何という、気高く潔《いさぎよ》いお覚悟でしょう。

　でも……朝稲少尉も、もちろん、若い健康な男性でいらっしゃったんです。

　一ツダケ、心残リガ有ルトスレバ、母ニ孫ノ顔ヲ見セテ遣《ヤ》レナカツタ事デセウカ。然シ、マア仕方ガ有リマセヌ。呵呵《カカ》。

　其《ソ》レニシテモ、UAD《重力ノ帝国》＝〃貪婪《ドンラン》ナ大腸〃合衆国トハ、凄イモノデスネ。自分達〃二十一世紀KAMIKAZE〃ヘノ慰問ノ為、カノ国カラ贈ラレタ〃電子花嫁〃ノ見事サトキタラ！　緑ノ黒髪、漆黒ノ瞳——。受ケ答ヘノ淑《シトヤ》カサ迄、マサシク〃大和撫子〃其ノ物デ、サナガラ生キテヰルカノヤウデス。此レダケノ科学技術ヲ持ツ国ト、ヨクモ戦争ナドシタ……。

　確カニUADニ売リ付ケラレタ「炉」ハ《灰色ノ虹》ヲ噴キ、口サガナイ連中ハ其レヲ喋喋《テフテフ》シテアレコレ御託ヲ並べテモヲリマスガネ。呵呵。

イカニモ、自分ハ今時ノ〃茶髪〃〃ぴあす〃ノ軽佻浮薄《ケイテウフハク》ナ女ナド、好ミマセヌ。デスノデ先週、駐屯地ノ社《ヤシロ》ニテ、此ノ〃電子花嫁〃トノ婚礼ノ写真ヲ撮ツテ貰ヒマシタ。自分ノ遺髪ヤ爪ト共ニ、出撃ノ後、郷里ノ母ニ届クコトデセウ。

昔、自分ハ中学生ノ頃《久遠之宮》ニ参拝シタ事ガ有リマス。折リカラ隣ノ記念館デハ、大東亜戦争ノ英霊方ニ奉ゼラレタ「花嫁人形」ガ展示サレテヲリ、其レモ拝観致マシタ。懐カシイ板張リノ壁ノ匂ヒ、何処迄モ何処迄モ続ク、静カナ廊下ノ両側ニ並ンダ硝子けーすノ中ニ佇《タタズ》ム、何百体モノ文金高島田ノ花嫁御寮達……。

其ノ時ハ、遂ニ娶《メト》ル事ナク逝ツタ英霊達ニ、死後、花嫁ヲ娶《メアハ》セヨウトシタ銃後ノ民草ノ心ニ胸ガ熱ク成ツタモノデシタガ、ヨモヤ自分モ又、斯《カ》カル栄ニ浴サウトハ――。呵呵。


――ところで……皆さんも聞いた覚えがあるかもしれません。事もあろうに、こうした英霊の方がたを侮辱するような聞くに耐えない暴言を吐く浅ましい人びとのことを。

かつて、一人息子が南方で戦死したと嘆き、月琴《げっきん》を弾きながら南西諸島を流浪した東風平《こちんだ》鶴《チルー》と名乗る伝説の女吟遊詩人がいました。そしてこの女は不心得にも《久遠之宮》を〃死の神殿〃だの、戦争で御国に命を捧げた方がたを「犬死に」だのと決めつけたのですが……それどころか、この女より若い西埜森夫《とりのもりお》という小説家に至っては、さらに「犬は銃を背負って他国を侵略したりしない」「侵略軍の兵士としての死は〃犬死に〃どころか、加害者としての恥ずべき死だ」などとまで、英霊を詰《なじ》ったりしたのでした。

皆さん――。皆さんは絶対に、こんな「人でなし」の不心得者、「非国民」の「国賊」になど、なってはなりませんよ。大体、ここ《久遠之宮》には、今度の事故で〝虹色の灰〟を浴びて亡くなった何万人もの人たちも、みぃんな〝国策〟に協力し御国のために命を捧げた神様として祀られているんですから。《久遠之宮》を誇《そし》るのは、その人たちをも貶《けな》すのと同じことです。

こういう心ない輩には、《聖上》陛下もさぞかし御心を痛めておられることでしょう……。けれど、私たちすべてを包み込んでくださる大御心は、そうした人でなしの国賊どもをさえ、いつかはきっと宥《ゆる》して下さるにちがいありません。なぜなら――それが大御心というものなんですから。

……話が逸《そ》れました。朝稲左千夫少尉の『遺書』に戻りましょう。


イマ、《重力ノ帝国》ＵＡＤ統合参謀本部ノ指揮ノ下、阿弗利加《あふりか》ヤ中東、東亜細亜《あじあ》ノ彼方此方《アチコチ》デ悪逆暴戻《ボウレイ》ナル敵ト戦ヒ、血ヲ流シテキル戦友モ、《灰色ノ虹》ニ「特攻」スル自分モ、国ニ尽クサントスル真心ハ同ジデ有リマス。遠イ異国デ落命スルノニ較ベレバ、祖国デ国難ニ殉ズル事ノ出来ル自分ハ、寧ロ《ムシ》果報者デ有リマス。

自分ニハ難シイ事ハヨク分カリマセヌ。難シイ事ハヨク分カリマセヌノデ、誰カヲ恨ンダリ、愚痴ヲ言ツタリ等モ致シマセヌ。「予備電源ハ要ラヌ」ト言ツテ《灰色ノ虹》ヲ噴キ出サセタ総理大臣モ、恨ミマセヌ。誰ノセキデモ有リマセヌ。誰ノ責任デモ有リマセヌ。

自分ハ唯、子供ノ頃カラ親シンダ故郷ノ美シイ野山ガ〝虹色ノ灰〟ニ蝕バマレルノガ忍ビナイダケデ有リマス。

其レヲ防ギ止メル為デシタラ、此ノチツポケナ自ラナンゾ、ドウナツテモ、一向、構ヒマセヌ。

……アア、モウ《鶚《みさご》》ニ乗リ込ム刻限デス。其ノ機上カラ、半時間後ニハ自分ハ舞ヒ落チ、此ノ五体ハ《灰色ノ虹》ノ灼熱ノ中、ギラギラ煌《キラ》メク星屑トナルコトデセウ。

皆様、サラバデス。悲シク有リマセヌ。寂シクモ有リマセヌ。此レカラ自分ハ《久遠之宮》ニ居リマス。オイデ下サレバ、イツデモ会ヘマス。

仕舞ヒニ、我ガ辞世ノ一首ヲ御笑覧クダサイ。ハルカ一千三百年モ前ノ歌人ノ本歌取リ、猿真似ノ腰折レデハ有リマスルガ……。

御民《ミタミ》ワレ
　死ヌル誉《ホマ》レアリ
　　天地《アメツチ》ノ
汚《ケガ》ルル時ヲ
止メムトゾ思ヘバ

此ノ国ハ、世界ノ何処トモ違フ、「神ノ國」デアリマス。

母上様、モハヤ自分ニ、言葉ハ有リマセヌ。

いむぺりーお・やまと万歳。聖上陛下万歳。


――さあ、もう皆さんも、うかうかなんかしていられませんよ。今年から『全国高等学校「殉国」コンクール』が始まるのは、知っていますよね？　国民全員に《生命昇華登録カード》も配られることになりました。自分の命を「悠久の大義」の中へと〝昇華〟させるために登録できるんです。これこそ、究極の〝ボランティア〟です。何と晴れがましい栄誉ではありませんか。

言うまでもなく、皆さんは毎日、勉強やスポーツを頑張らなければいけません。けれどそれは、いったん何かあれば、いつでもこの朝稲左千夫少尉のように、ためらうことなく、そのたった一つの命を御国に捧げるためなんです。そのときこそ、私たちは自分が生まれてきた、この素晴らしい御恩に報いることができるんですから。死ぬことくらい、何です！　私たちはそのために、勉強したり歌ったりスポーツに励んだりしているんですから。

なぜなら、私たちの命は、決して自分ただ一人のものなんかじゃなくって、もっともっと巨きな巨きなつながりのなかで生かされているんですからね。そもそも、皆さんを生み育ててくださったお父さんやお母さんたちも、みいんな……一つの巨きな巨きな命の、言ってみればその〝影〟のようなもので――世界が始まった時から、私たちは全員、そっくり家族、兄弟姉妹なんですから。このいちばん大切なことを、私たちは決して、決して忘れてはなりませんよ。

こうして生きている時間など、束の間のもの。死後こそ、すべて。何しろ私たちには、ここ《久遠之宮》があるんですもの。そしてここでだけ、決して離れ離れになることのない、いつも楽しく歌って笑って……そういう時が永遠に続くんです。いいですか、永遠に――ですよ。いえ、「永遠」ということを、そのとき初めて私たちは学ぶんです。

……おや、そこの君。なぜ、マスクを外すんです？　駄目でしょう、そんなことをしては！　大事な大事な防毒マスクですよ、《聖上》陛下からいただいた――。

まあ……吐いているんですか？　吐くなんて……神聖なお宮で！　そして――なぜ泣くの？

えっ……「死ぬのが怖い」？　「自分が無くなるのが」？　なんてことを……。

違います！　言ったでしょう、私たちは死んで無くなるのではなくって、「悠久の大義」に溶け込むんだ、って。しかも御国に命を捧げる尊い行ないは、決して「強制」なんかじゃありません。するもしないも、あくまで「自由」です。

これは大事なことなので、もう一度、皆さんにも説明しておきます。心得違いをしてはいけませんよ。誰もあなた方に、無理矢理、そうしろなんて「強制」はしません。したくなければ、しなくたっていいんですよ（――少なくとも、今のところは）。いいですか？　いいですね！

まったく、男子だってのに……情けない。何が、怖いことがありますか。こともあろうに、催馬楽第二国民学校に、こんな意気地なしがいたなんて――。

ごらんなさいな――。

梅や桜は立て続けに咲き誇り、鶯が鳴き……変な非国民どもが〝虹色の灰〟にすっかり汚染されたとか、とんでもないデマを口走って風評被害を惹き起こしていた、その海にも——鱵《さより》や、鰊《にしん》や、蛍烏賊《ほたるいか》や、桜海老や、鰹がわんさか押し寄せて、昆布は厚く育ち、浅蜊も蛤《はまぐり》も歌うように口を開いているじゃありませんか。……たしかに田んぼや畑はＵＡＤ《重力の帝国》との約束で、ほとんど潰され、二度と使えないように石油を撒《ま》かれ、随分、少なくなってなってしまいましたが——その代わり、ＵＡＤの食べ物工場からは、いつでも、欲しいだけ、ＵＡＤ製の美味しい食糧を売ってもらうことができます。皆さんも、大好きでしょう？　ハンバーガーやフライドチキン。ピザにコーラにドーナッツ。こんなに傷ついた祖国にも、希望は、いっぱいに満ち溢れているんです。

めそめそするのはおよしなさい！　そんなに吐いて……汚らしい。みんなの志気に関わります。

はい？　そちらの女子は……「朝稲少尉のお嫁さんに、なってあげたかったなあ」ですって？　そう！　その純粋な気持ちは、必ず少尉殿の御霊にも通じますよ。この後、《久遠之宮》本殿へお参りする時に、ちゃあんとお伝えなさい。

まだ、めそめそしてる——そこの君！　君もいずれ「自分」なんて、ど・れ・ほ・ど・ち・っ・ぽ・け・な・も・の・か——分かる時がきます。だから、怖がらなくても——大・丈・夫。

しっかりなさいな！　もう決して、変なことを思ってはいけませんよ。いいですね？

さあ。お参りですよ——。

第三話　五月の旗

Jさん――そして、Lさん。

このたびも貴方がたと、五月の薫風吹きわたる中、一瞬一瞬が天空からの豊潤な果汁の滴りであるがごとき濃密な四昼夜を過ごして、私は《レキオ》の寓居に帰ってきました。あの美しい市街を見はるかす丘陵地帯に咲き乱れた、馥郁《ふくいく》たる紫丁香花《ライラック》や石楠花《ソンナム》、躑躅《チンダルレ》の花粉の香が鼻孔に、そしてJさんに促され、その手振りに倣《なら》って摘《つ》んだアカシアの花弁の縁の仄かな蜜の味わいは、舌先に……今も甘やかに蘇ってくるようです。

思えば、貴方がたの暮らす、あの街――《無窮花民国《ムグンファミングク》》南西部、〝光の街〟とも〝光の都市〟とも、さらには〝光の州〟とも〝光の邦〟とも呼び習わされてきた、黄海《ファンヘ》の片ほとりたる道庁所在地《光の都》を私が初めて訪ねたのは、二十五年前のことでした。それにさらに十二年を遡る一九八〇年五月、軍事独裁政権に市民・労働者・学生が銃をも執《と》って抵抗し、命を賭した「解放区」を一週間に及んで顕現させた都市への畏敬を込めて。

――実はこの時、私がそれとは露ほども知らぬまま、すでにJさんやLさん、同志の皆さんの作品に、出会っていたとは――はるか後になって判明したことです。

そしてその十三年後、すなわち今から十二年前にイムペリーオ・ヤマトに来られた貴方がたと出会って以降は、私自身、幾度となくその《光の都》へと赴き、貴方がたや、同様に画家・美術家である貴方がたの盟友――私にとってもとりもなおさず稀有の畏友である、主として緩やかな同世代者の〝兄弟姉妹《ヒョンヂエチャメ》〟たちとの、焔《ほのお》が次の焔へと引火してゆくように自ずから拡がる、いずれも容易に得難い邂逅《かいこう》を重ねてきたのでしたが。

……けれど、今回の《光の都》訪問が、これまでのいかなる場合よりも、特異、かつ重要な、さながら蹠《あしうら》に熾火《おきび》が押し当てられたような、肺胞に蛾が卵を産みつけたような焦燥感のなか、一瞬でも気を緩めれば、たちまち内臓全部が裏返りそうなほどの吐き気に襲われかねない緊張に、終始、涵《ひた》されながら、しかも未聞《みもん》の光輝に満ちたものとなるに違いないだろうことも、実は私には最初から予感されていたのです。その理由は二つ――改めて申し上げるまでもありますまい。

第一に、いま、貴方がたの〝朝、鮮やかにして高く麗しい〟半島を起点として、あるいは人類歴史上、最も大規模かつ潰滅《かいめつ》的な戦端が開かれかねない緊張の続く、核戦争すら勃発するかもしれぬ危機の淵で、それに抗《あらが》うような今回の貴国大統領選の結果にも示された、民の勇気と聡明を目の当たりにしたため。

第二には、しかもそのさなか、ちょうど三十年前、延べ百数十万の参加者を糾合し、《無窮花民国》

全土に燃え広がった軍事独裁政権打倒の闘いにおいて、貴方がた二人が、青春の鬱勃《うつぼつ》たる力と熱とのいっさいを傾注された、〝藝術の抵抗〟の記念碑ともいうべき作品群の回顧展が開かれたためです。息詰まるような、灼《や》けつくような焦慮を持て余す、この現在のすべての恐怖と不条理を誇らかに峻拒するかのごとく。

いつまでも、いつまでも、身を置いていたい展覧会場でした。

Jさん――そして、Lさん。

いま、《光の都》がその一隅に象嵌《ぞうがん》された宝玉のごとき煌《きら》めきを湛《たた》える、時に野ウサギにも、また、たわわに実った葡萄の一房にも、その形状の喩《たと》えられてきた〝朝、鮮やかにして高く麗しい〟半島が強いられ、そこからむろん私たちをも含む、少なくとも東アジア圏の大半が無差別大量殺戮の惨禍に追いやられかねない状況は、さながら悪夢が現実を呑み込んだかのようです。しかもこの焦眉の急たる事態は、疑いなく私の帰属する国――イムペリーオ・ヤマトによる前世紀初頭からの侵略・植民地支配に起因し、前世紀半ば以降七十年以上にも及ぶ「南《スード》」「北《ノルド》」の分断状態ゆえに出来《しゅったい》したものであるにもかかわらず……あろうことか、その最大最悪の責任国イムペリーオ・ヤマトは、この危機にあっていよいよ破滅を引き寄せようとするかのようなファシズム政府に引き回され、残忍な、また陋劣な振る舞いのすべてを通じて、現状世界の最悪の危険因子――人類史に対する恥辱と化しているのですから。

それにしても、何と痛ましいことか。もとより核武装など、非道に決まっていますが、そうしなければ世界最強の軍事力を誇示するＵＡＤ《重力の帝国》にたちどころに侵攻され、蹂躙されるという恫喝の脅威のもと、分断された一半――《千里馬人民共和国《チョルリマインミンコンファグク》》もまた、それら悪しき超大国に倣《なら》わざるを得ないとは。

　そしてＵＡＤ――〝貪婪な大腸〟合衆国が擁する兵器と兵員は、すでに数十日間にわたり、貴方がたの〝朝、鮮やかにして高く麗しい〟半島に対し、海・空、さらに陸上からも、異様な密度の包囲を続けています。由由しき事態です。

　かかる挑発に対し《千里馬人民共和国》の政体が、自他を共に危うくする悲劇的な選択にだけは踏み切らないことを、私は身を抉《えぐ》られるような思いを以て切望し続けるよりほかありません。喧伝されているように《重力の帝国》機動部隊にさらに新たな空母が増派されれば、この危機は、いよいよ決定的な段階に踏み入るのでしょうか。

　往時〝西部劇映画の三文役者〟と揶揄された元・大統領の名が冠され、《重力の帝国》機動部隊にさらなる増派が噂される、当の原子力空母は、六年前、イムペリーオ・ヤマトに事実上の「終末」をもたらした《灰色の虹》事故の〝救援作戦〟にも動員され、飛行甲板に雪のように降り積もった〝虹色の灰〟をデッキブラシで掃除する任務を負わされた水兵たちの間から、被曝による白血病や骨肉腫、精巣癌……等等が頻発、現在までに何名もの死者も報告されている艦船です。しかも当のヤマト大衆のあらかたは、世界で最も〝構造的愚民化〟の完成した社会に我と我が身を閉じこめ、そんな基本の事実すら知りません。それどころか、この《灰色の虹》事故の最大の被害国にして、かつ加害責任国にあっては、あたら被曝が重ねられ、どれほど常軌を逸し鈍麻した錯乱状態の日常が、あたかも分別ある行動であるかのようにとめどなく続いているかは、たぶん貴方がたも御承知の通りです。

どこまでもどこまでも、限りなく絶望的な——恥ずべき国としか、言いようがありません。


Jさん——そして、Lさん。

思えば貴方がたは、いつも「闇」の奥からその姿を、私の前に現わしてこられました。

二十五年前の冬、《光の都》の砂鉄のような夕闇を衝《つ》いて赴いた美術大学では、まず伝説の……いっそ神話的な先輩《ソンベ》が、アトリエに置き土産のごとく、形見のごとく残していった作品として。

また十二年前の冬、軍事独裁政権以降四半世紀の間、決して一堂に会することのなかった貴方がたメンバー六人とその営為——巨大な横断幕たる何点もの〝懸け絵《コルゲクリム》〟や、もともと葬列の幟《のぼり》として林立する輓章《マンヂアン》、数多《あまた》の木版画やポスター等等……まさに「民衆美術《ミンヂュンミスル》」ならではの圧倒的な様式と方法により、〝朝、鮮やかにして高く麗しい〟半島と周縁地域の人びとの苦難と栄光に満ちた現代史を描いた絢爛たる作品群が、史上初めて同じ空間に存在し、その全貌を示し得たグループ展では、イムペリーオ・ヤマトの古都の、漉《こ》し餡のごとき粘稠《ねんちゅう》な闇夜の底で、トキーオからの私の晩《おそ》い到着を待っていてくれた、颯爽たる群像として。

そして以後の幾たびかは《光の都》の馨《かぐわ》しい初夏の、音もなく青墨《せいぼく》の流れるような宵闇をまとって——。

そう。「生身」の貴方がたに初めて接した、この古都での記念すべき展覧会の何日かを通じ、二十五年を経てなお、人間性の頂点の「永遠」を共有した青春の残響が、風冴える冬天に轟きわたっているかのような感覚に、あのとき私は眩暈《めまい》するような羨望に貫かれ、ただひたすら圧倒され続けていたのでした。そしてその溢れるような友愛は、しかも、初めて出会い、皆さんに関して若干の短い文章を紡いだばかりのイムペリーオ・ヤマトの一作家たる私に対してすら、有り余るほどに示されたことも、併せてここに書き留めておかねばなりません。

彼地では大通りを封鎖し、広場を埋め尽くす大行進・大集会を囲繞《いにょう》して、何十幅も拡げられたであろうコルゲクリム。何百旒《りゅう》と林立したにちがいない、輓章――。

タブローにすら、用いられたのは純正の油絵具ではなく、安価なアクリル絵具でしかなかったにもかかわらず、なんときらびやかな造形と目眩《めくるめ》く色彩で躍動する「物語」の鏤《ちりば》められた歴史絵巻が、そこには繰り広げられていたことか。

白兵として鎌を研ぎ、またその鎌で一心に竹槍を削るパルチザン。《重力の帝国》ＵＡＤの欺瞞の化身さながらの「自由の女神」像の口中に深ぶかと突き立てられ、項《うなじ》から背後へと貫通する竹槍。その一方、命の源として彼ら烈士《ヨルサ》により翳《かざ》される、白飯を盛った茶碗。戦闘警察隊に逃げ惑い、鎮圧の催涙ガスに嘔吐する学生たち。陰陽「太極」の形に輪舞する、清冽な民族衣装の少女たち――。

ＬさんやＪさんの刻んだ木版画は、たっぷりと油脂インクを吸い込んで黒光りする、その版木までもが美しかった……。同時に、皆さん《光邦視覚媒体遊撃隊《クワンバンシガンメチエユギョッテ》》が文字通り、その「文化宣伝」の〝武器〟とした版画作品の多くが、ゴム版やリノリウム版によるものだった理由が、もちろん彫る速度という事情もあったでしょうが、それら原版を筒状に巻いて携行し、市街のいかなる場でも増し刷りできるようにするためでもあったことを知ったとき、私の感銘は倍加しました。あえていえば、それは「美術戦《ミスルヂオン》」「藝術戦《ユエスルヂオン》」とでも呼ぶべき営為だったのではないでしょうか。

……つけ加えるなら《無窮花民国》の独裁・弾圧が苛烈を極めた一九七〇年代後半から、あの八〇年五月へと到る時期、貴方がたの現実の凄絶な牢獄に対し、あまりに空《うつ》ろで透明な虚構の牢獄のごとき国家、どこにいようと真の「自由」からは見放された、ここ、イムペリーオ・ヤマトの首都の国立大学の美術学部に在籍していたことは、私にひときわ、彼我の隔絶を余すところなく照射したとは——言えるかもしれません。

ところで、Jさん——そして、Lさん。

これら六人の〝『水滸伝』的〟とも形容すべき画家たちと初めて共に過ごした古都の一週間にあっても、余人の容喙《ようかい》を許さぬ貴方がた二人の友情の輻射《ふくしゃ》熱に溢れた磁場は際立っていました。しかしながら、よもやそれが、苦難に満ちた《無窮花民国》現代史にあっても初めて〝絵を描いたことが国家保安法違反〟に問われた「共作者」としての連帯であったのだとは。

「国賊」として指名手配を受け、地下潜行し、逮捕され、数かずの凄まじい拷問を受け、長期勾留され、措置入院させられ、長く追放された——。

『錦繍三千里《クムスサムチオルリ》、断ち割かれた《クノハレエジン》民が《ペクソンイ》再会し《チエフィヘ》、地上の《チサンエ》楽園が《ナグオニ》花開く時《コッピルテ》、我らは《ウリドゥルン》……』(금수 삼천리, 끊어 찢어진 국민이 재회해 지상의 낙원이 꽃필 때, 우리들은……/一九八七年)——。

イムペリーオ・ヤマトの古都の展示会場でも燦然たる耀《かがや》きを放っていた、そのコルゲクリム――〝処罰された絵〟〝国禁の絵〟は、一体、どんな作品であったことでしょう。

……天地二四〇センチ×左右六〇〇センチという大画面一杯に、豊麗を極めた色彩と造形で、貴方がた〝朝、鮮やかにして高く麗しい〟半島の近代史を貫く抵抗と民の暮らしぶり、そしてそれらを脅かすUAD《重力の帝国》の軍事力・工業力の影と、その犠牲者たちの叙事詩が展開されています。

画面中央――右から一人の農民が鎌を、左から一人の労働者がスパナを手に、食いちぎり、引き裂き、火を放つ《重力の帝国》の蒼ざめた国旗。そこから半ば浮き上がった紋様として《無窮花民国》の軍事独裁政権の将軍二人を抱え、あたかも「愛い《う》奴」というように愛《め》でているのは、まさしく、いま増派が噂されている、あの原子力空母の艦名の由来となった《重力の帝国》第四十代大統領なのですが、その頭上――「南北」の北限の、貴方がたの半島を象徴する休火山山頂のカルデラ湖の縁に立つ弥勒童子《ミルクトンジャ》が、悲嘆する民の怒りと願いを込め、彼ら三悪人に朗らかに立ち小便を浴びせかけている。絵の全体は、咲き乱れる躑躅《つつじ》の花に縁取られ……。

二十六歳の青年画家二人の共同制作は、かくも光彩陸離《こうさいりくり》たる一大パノラマであったわけですが、十二年前の冬、私がヤマトの古都で目にしたそれは、実は〝復元作〟だったのですね。半島のどこにでも咲く花のモチーフを口実に、この作品が「北」側のプロパガンダだとの〝嫌疑〟をでっち上げ、検察当局が美術を摘発した〝躑躅《チンダルレ》事件〟は、当時カメラを購《あがな》う余裕もなく、写真さえ、十分残せぬまま、貴方がた二人が青春を賭し、命を削って描き上げたコルゲクリムに、その後、いかなる運命をもたらしたか――。

その経緯を、やがて私は聞くことになりました。

「どんなに弾圧されても、作品自体は当然、どこかに保管されているものと信じていました。何しろ、裁判の証拠物件でもあるのです。だからいつの日か、この国に民主主義が打ち樹《た》てられた暁には、きっと再会できるだろう――と」

平生、すこぶる温和なJさんが、自らをかろうじて抑えるように漏らされた言葉を、私は忘れません。

「しかし、首都検察庁の連中は、私たちを逮捕してすぐ、肝腎の作品を焼き棄てるという蛮行をしでかしていたんです。出獄後、ずっと所在を探し続けた私たちは、それを十七年も経って知り――痛恨の思いで、〝あの絵〟を復元することにしました」

Jさん――。かくも痛ましく理不尽に〝湮滅《いんめつ》された絵〟を「復元」しなければならないという作業が、どれほどの技術的な困難と、さらには次元を異にする精神的苦痛とを伴うか。とりわけ真に創造的な藝術家にとっては、痛苦と憤怒、屈辱に満ちた「苦行」以外の何物でもないか。

その時代の息吹が染《し》み込み、その年代の自らの全存在を投入した作品は、そもそも、決して「再現」などできません。すべて表現は、当事者の「生」それ自体と同様、精神と肉体、魂の一回性の行為の揺曳《ようえい》が、この地上に刻印された影にこそほかならないのですから。

にもかかわらず、この青春の頂点の作品復元の「苦行」を、軍事独裁政権の亡霊は不当にも貴方がたに科しました。そして貴方がたはそれに耐え、それをも果たしたのでした。

Lさん――。私たちが《光の都》でお会いするようになった、何度目かのある年の初夏の一夕、清すがしい川べりに張り出した店のテラスで一緒に麦酒《メクチュ》を飲んでいたとき、あなたは、つとシャツの袖を捲《まく》って、私に低く呟かれましたね。

「病院を出てからも、ずっと……こんなことを繰り返していたんですよ」

示された腕に点点と並ぶ、夥《おびただ》しい火傷の黒ずんだ跡は、釈放後も獄中の記憶に苛《さいな》まれ、あなたが自ら煙草の火を押しつけ続けた結果でした。その瘢痕《はんこん》に、私は貴方がたが受けた拘束と拷問の惨らしさについて、決して到達し得ない想像を、それでもなお、及ぼそうとしたものです。そう言えば、貴方がたが「兄《ヒョン》」と敬仰する先輩画家は、貴方がたの事件の翌翌年、同様に逮捕され尋問されたさなか、至近距離で眼に浴びせられ続けた電気スタンドの光で、いまも網膜炎に苦しまれていますね。

Jさん――そして、Lさん。

それにしても、あの「絵」は、国家権力に焼かれ、消えてなくなってしまったのでしょうか？二人の青年画家の苦しみとも栄誉ともなった歴史的作品が、この世から「消滅」したことを、私たちはどう考えるべきなのでしょうか？

そのことについてさまざまなを感情を巡らし、思いが錯綜するのに任せながら、このたびの『三十周年回顧・二人展――再臨《チエリマラ》せよ、一九八七』の図録に求められた跋文《ばつぶん》を綴るうち……雲間から射す陽のように、もしくは、暗夜を照らす稲妻のように、不意に私の内に降り注いだ、一つの「答え」があります。そしてその瞬間、私には――あの絵が、いま、どこにあるかが諒解されたのでした。

コルゲクリム『錦繍三千里、断ち割かれた民が再会し、地上の楽園が花開く時、我らは……』は、いま、死者たちと共にあるのです。

突撃銃M16で「蜂の巣のように」され、死刑台で絞首され、水拷問によって室内にありながら溺死し、殴殺され、鉄鋲を打ち並べた軍靴に蹴り殺され、水平撃ち催涙弾の直撃を脳幹に受けて命を奪われた死者たち。また、それらあらゆる圧政と暴虐への抵抗と抗議のため、焚身《ブンシン》し、動脈を切って投身し、仲間への遺言を官憲に奪われぬよう皮膚にボールペンで書き留めた上で投身し、服毒し、縊死し、自刃し、自ら食を断って餓死した死者たち。

〝国家に火刑された絵〟は、実は彼女ら彼ら烈士が、いま存在している場所まで届き、そのまま、その永遠の微笑の上、死者の痛みと尊厳を指し示す「旗」となって、風を孕み、翻《ひるがえ》り、音もなく、はためき続けているのではないか――と。

Jさん――そして、Lさん。

私たち個個の生命は、おそらく有限なのでしょう。しかしながら「永遠」へと通ずる回路を、私は予感します。Jさんが鋭くも限りなく優しい眼差しで、《重力の帝国》による挑発と、その最も卑しい手先たるイムペリーオ・ヤマトの跳梁が陰に陽に続く惨状を見つめながら、多大な困難に満ちた「南」「北」の現在について「より苦しむ人に、少しでも余裕のある側が手を差し伸べるのは、当然のことです」と語るとき。そして、それにLさんが、深い悲しみを宿しつつも勁《つよ》い眼差しで、頷くとき。――かかる真の友を、決して裏切らないかぎり。

ここ、イムペリーオ・ヤマトの版図《はんと》の、南西の極み近く……私自身〝虹色の灰〟を浴び深い損傷を受けた、襤褸《らんる》のような身を寄せる《レキオ》の一隅――当然、何箇国かの核弾頭ICBMの照準が常時、固定されているにちがいない、その東洋最大の《重力の帝国》空軍基地から一キロメートルと隔たらない寓居で、私は先日の《光の都》市立美術館での、貴方がた二人の展覧会の開幕式に波のように打ち寄せていた静かな感銘を、いま一度、想起しています。

Jさん――そして、Lさん。

あの折りも、慌ただしく簡略な「お祝い」は述べましたが……ここ《レキオ》から、もう一度、私の祝意をお伝えしましょう。あるいは《重力の帝国》UADの究極のインターネット監視システムには、易やすと傍受されるかもしれぬ電子メイルで、ではあるにせよ。

本来、こよなく美しいはずの、この季節。五月の風と光に包まれ、人が生きることの苦しみ、苦しみながらも生きるに値する社会に要請されて実現した、誇り高い『三十周年回顧・二人展』――。

おめでとうございます《チュカハムニダ》。

第四話　人間の類似性について

「見えるかねえ――」

そうすることでむしろ自らの気分を引き立てようとでもするかのように、ことさら声を弾ませた問いかけに、酉埜森夫《とりのもりお》は頭《かぶり》を振った。案内所の掲示では〝本日の出現率二十パーセント〟とされていたから、たぶん難しいだろう。

だが陽春、イムペリーオ・ヤマトの「祝日」が最も連なる時季の直前、四月も末の昼下がりの海辺で、おのがじし双眼鏡や望遠レンズ付きのカメラのファインダーを覗き込む人びとは、その〝出現〟を容易に諦めようとはしない気配だった。水平線の上方、靄《もや》とも霞《かすみ》ともつかぬ気体が立ちこめるあたりには、なるほど、いかにも蜃気楼《しんきろう》が現われそうな空間が蟠《わだかま》っている。

この内湾の右にも左にも、東西二百キロメートル内外の距離に、世界最大級の原子炉群・核関連施設群が林立していた。そして狭い島嶼《とうしょ》国家の反対側――背後の銀嶺の彼方では、もはや止め得ない《灰色の虹》が、いよいよその濃さを増し、とめどなく〝虹色の灰〟を振り撒《ま》いていた。

「見えるといいねえ……」母は繰り返した。

入り江を隔て、弓形に伸びる小さな半島がスミレ色に霞む向こう、海の彼方には、より大きな半島がユーラシア大陸の縁から突き出ているはずだった。そしていま人類最強の軍事力に包囲され、この国のテレビや新聞があたかも闘技場の演し物《だ》のように、そこが「火の海」となる事態の可能性を論《あげつら》う彼地にも、西埜森夫の友人たちがいた。

「きょうは、無理なのかもしれないね」

母は自らを納得させるように頷き、続ける。

「ちょうど去年のきょうだったんだよ。救急車が来るまで、大変だった」

――太陰暦のそれには及ぶべくもないとされながらも、十分に華やいだ新暦の正月だった。年が改まって程ないその午後、西埜森夫は旧知の映像作家の車で、《福爾摩沙《フォルモサ》》の首都から東海岸へ向かった山中に来ていた。

近年は長篇の記録映画に取り組んでいるという彼が、助手の女優も同伴し、西埜を誘ったのは、《福爾摩沙》がイムペリーオ・ヤマトの植民地だった時代の末期、ＵＡＤ《重力の帝国》の洋上機動部隊めざして「特攻」出撃が繰り返された航空基地の遺構だった。ＵＡＤ艦載機の偵察・攻撃に備え、擬装した木製の模造〝戦闘機〟がそのまま安置されたコンクリートの掩体壕《えんたいごう》は、それら「特攻隊」を〝顕彰〟する展示施設ともなっていて、しきりと三人に話しかけてきた案内の係員は、西埜がどこから来たかを知ると〝《レキオ》が身代わりにＵＡＤの犠牲になってくれたと考える人が《福爾摩沙》には多い〟と、流暢《りゅうちょう》なヤマト語で応じた。

首都への帰路は、《レキオ》本島北部の原生林を思わせる緑深いカーブが蜿蜿《えんえん》と続いた。蛇行する山道を、ほとんどアクセルは踏まれていないのか、惰性のように下る間、訝《いぶか》しいほど深い睡魔が、絶え間なく酉埜森夫を襲った。

ようやく高速道路に入って酉埜がスマートフォンを確認すると、液晶画面に表示されたのは《レキオ》の友人が仲介した、酉埜の郷里からの訃報だった。翌日には《レキオ》に戻り、一夜で次の旅装を調《ととの》えて、翌翌日には今年最初の見舞いに赴く予定を、酉埜は組んでいた——。


車は闇に吸い込まれた。

《福爾摩沙》で最長のこのトンネルを抜ければ、もうその先は首都なのだと、運転席の映像作家は淡淡と説明していた。


中央高地の山嶺は、鉄漿錆《かなさび》色の空の下に、重く畳《たたな》わっていた。山峡地帯を喘ぐように這い登った列車が、日没後、やっと辿り着いた小さな田舎町は、氷点下八度の冷気に閉ざされていた。少し前の母に似た高齢の女性たちが、皆、俯いて買い物帰りの自転車を押して歩く町……季節の移り変わりは、空の深さと四囲の山の色が伝える町——。そこは、第二次世界大戦末期、《聖上》と政府が首府を撤退しようと「大本営」を造営させた盆地の片隅だった。

ひときわ濃い、木炭を溶いたような闇の底に、酉埜森夫の生家は沈んでいた。ただ入口のガラス戸の、真新しい死者の出たことを告げる貼り紙だけが、門灯の電球の枇杷《びわ》色の仄明かりに浮かび上がっていた。

前年末に別れた時と同様、脚を引きながら西埜を迎えた母は、幾つか、前もって処理すべき案件を挙げ、それらを済ませてから〝お父さんに会いに行こう〟と手順を提言した。前夜《福爾摩沙》で掛けた電話から続く、その簡潔な言葉の勁《つよ》さを支えている意志的な努力が、西埜の胸を打った。夫が緊急搬送されてからの八箇月間——三つの病院を転転とした二四〇日のうちの一八〇日、伴侶の病床に通い続けたという彼女が、現在のこの国の高齢者医療の荒廃、大半の医療従事者の異様なまでの横暴に堪え抜いてきた場面は、昨春以来、十度にわたって帰省を重ねるたび、西埜も共にしていた。

夜半、母をレンタカーに乗せ、赴いた葬祭場の附属施設で、その人と西埜森夫は再会した。昨年末の最後の訪問から十六日ぶりだった。長い闘病の痕跡を全身に留めたその人は、死者となって直ちに、病院からここに移されていた。

こうした際、人が抱く——死者が生者だったときの対応を、もっと周到にしておくべきだったという悔恨は、しかし今回の自分の場合、さらに深いもののように西埜森夫は感じた。その一方、それも実はまた、必ずしも珍しくない心の働きなのかも知れないとも、彼は思った。いずれにせよ、悔恨は十分に西埜を打擲《ちょうちゃく》した。

来たとき同様、レンタカーで母を家に送ってから、宿泊もできるという遺体安置所に、再び酉埜は戻った。旅装を解いていると、かねて母が自らと夫のため会員となっていたという葬祭会社の若い担当者が現われた。真率で抑制された熱誠を滲ませる対応が、よしんば高度な職業的練度と不可分のものだったとしても、いまはそれは心に沁《し》みた。

やがて、この一昼夜、酉埜の代わりを務めてくれていた従兄が来訪した。途中、飛行機を乗り継ぐ合間合間にすでに電話で連絡は取っていたが、かつての面影をそっくり残した彼が、半世紀近い時を隔てているにもかかわらず、つい昨日、別れたばかりのように親しげに自分に言葉をかけてくれることに、酉埜は内心、深謝した。

「この近くに、コンビニはありますか？」

「うん。ある――」

簡潔に言って、従兄はその場所を示した。

通夜は、翌晩に決まっていた。彼らが立ち去ると、酉埜森夫は、死者と二人きりになった。

中央高地の山あいの農家に生まれ、ともかく旧制中学までの教育を受けた父は、徴兵からの復員後、地方公務員となった。病弱な酉埜本人にかかる医療費もあり、決して裕福ではなかったはずの経済状態からすれば、あり得ない格別の読書環境に幼少期の酉埜が恵まれたのは、主として父の勤務先が公立図書館だったという事情からだった。

だから、やがて十歳頃からは学校の図書室はもとより近隣の図書館へと自ら赴くようになっても、酉埜にとって、依然、本とは「所有」の対象ではなく、図書館で借りてきて、読み了《お》えたら返すものだった。必要な内容は読めば記憶するので、手許に置くのは小規模な百科事典と、特別愛着のある最小限の何十冊かで足りた。逆に蔵書を誇るなど、むしろ卑しいことだという酉埜の感覚は、したがって肩書を「作家」と付されるようになって以降も、さほど変わらなかった。

——辛酸を嘗《な》めた軍隊経験から、そうした国家の頂点に在った《聖上》に対しては、当然の深い怨嗟《えんさ》を持つ。だが同時に、イムペリーオ・ヤマトの歴史的・構造的な矛盾や抑圧には、しかも容易に呑み込まれ加担してしまう。親戚や隣近所、世間の目を何より恐れ、決して他と異なる突出はすまいとする……そうした父と終始、対立してきた酉埜森夫だったが、その存在が結果として酉埜の自己形成に関与したのは事実だった。

教えられたコンビニまでは、思いのほか距離があった。深夜便のトラックが轟音を立てて行き交う国道を戻ると、骨髄にボルトが捩《ね》じ込まれるような寒さに全身が痛み出していた。レンタカーを使わず徒歩で出た無謀を、酉埜は悔やんだ。

死者が安置された畳の間の奥は、付き添いの遺族のためのビジネスホテル風の小さな洋室となっていて、狭い廊下を隔てて洗面所や風呂場も附属していた。従兄によれば、最近はこうした施設が多いのだという。——この地区の火葬場の炉が一昨年、死者の急激な増加に伴って、一気に三倍に増設されたことも、彼は教えてくれた。

浴槽に熱めの湯を張り、軀《からだ》を沈める。それでも、全身が液体窒素に固められたような冷気は、なかなか解《ほぐ》れなかった。

風呂を出て、買ってきた缶ビールを開け、横たわる人に「献杯」した後、西埜森夫は共に飛行機を乗り継ぎ、牽《ひ》いてきたタイヤ付きのチェロ・ケースから、中身を取り出した。今回の年末年始、《福爾摩沙》の大学や市民集会、書咖啡廳《ブックカフェ》で企画された自らの講演に、チェロ演奏も織り込むことにして西埜が持参した楽器だった。

微妙に足許の落ち着かない畳の上だったが、片隅のパイプ椅子を拡げ、弓を締めて松脂《まつやに》を塗る。入浴してもかじかんだままの手が、弓の毛箱《けばこ》の感触にすぐには馴染まない。

その人に曲名を告げ、西埜は楽器を構えた。

室内でも指が痺れる酷寒は、明らかにチェロの鳴りにも影響した。だが、暖房を点《つ》けることは、遺体のためを考慮して控えた。先刻の若い担当者によれば、今夕も取り換えられたというドライアイスは、十分に冷たかったが——。そのつど曲名を告げては、数曲を弾いた。

それから西埜森夫は、小さなクロッキー帖を開いた。葉書大百枚の洋紙がスパイラル綴りになったそれは、仕事のモチーフや草稿、日常のメモを書き留めたり、時に本来の用途である描画をしたりするのに、西埜が二十代からこれまで、数百冊を使ってきたものだった。その、つい数冊前の一ページには、昨春、集中治療室でのその人の表情が素描されてもいた。

旅行中、取り重ねたメモで、すっかり芯の禿《ち》びてしまった短いBの鉛筆しか、あいにく手許にはなかった。その一本で、今は死者となった人を、西埜はスケッチした。

夕刻に再会したときから、その人の表情は、徐徐に変化してきているような気がした。これまで、自分がよく見知っていたはずの顔貌は、いま、少しずつ、見知らぬ人のそれに――〝人間の類似性〟ともいうべき状態へと、緩やかに向かいつつあるかのように、西埜森夫には思われた。

……ある時期から西埜森夫は自らに「禁作家」という定義を試みていた。それは、普遍的・超歴史的なものであれ、あるいは時事的なものであれ「文学」が最優先で取り扱うべきと西埜の考える問題の数かずが、にもかかわらずこの国では当然のごとく禁忌とされ、それらを対象とすること自体が、無視と黙殺、冷笑と憎悪を以て遇されるからだった。持て囃《はや》される〝反体制〟も、つまるところ、いま一つの体制に過ぎない。そんな惨憺たる事大主義が瀰漫《びまん》し、跋扈《ばっこ》していた。西埜が「作家」となった二十代の初めから、この国で真に「自由」であるためには、むしろ自らに与えられる紛い物のそれら一切を、結果として拒絶しなければならなかった。

挙句、こうした状況は、《灰色の虹》が立ち〝虹色の灰〟が飛散するに到って、ついに決定的となった。西埜がそれを口にすると、たちまち人びとが一様に仮面のような表情になる言葉があるのだ。聞こえなかったふり、目にしなかったふりをする言葉……。眼前に展開する〝この世の終わり〟について、それを語ろうとする者がいないばかりか、それは――ただそれだけは、語ろうとしたその瞬間に、その者が制度としての「文学」のみすぼらしいギルドから完全に排撃されることを意味した。

西埜森夫は、最後の最後まで、自らの初志を全うするほかない「運命」を確認した。

一人の人間が「生者」から「死者」へと変移することに伴う、あらゆる手続きのための眩暈《めまい》するような数十時間に最初の一区切りをつけた後――《レキオ》に戻る前夜、母に届ける夕食を求めに隣町へ出向いた西埜は、夜陰と雨で帰路を誤った。大河に架けられた古ぼけた鉄橋や、往時の宿場の名残を留めた薬箪笥のような民家の並ぶ山峡地帯の街道を抜け、盆地の町に戻る間に、一月初旬の中央高地の雨は霙《みぞれ》となり、霏霏《ひひ》として降りしきる雪となった。しまいには吹雪となって視界が阻まれ、ワイパーも用を成さなくなる中……死者となって間もない人と、前年の晩秋、病室で最後に会話らしい会話を交わしたときの光景が、もう何回目かだったが、西埜森夫の内部に蘇ってきた。

その人は苦しげな息の下から、仕事を退《しりぞ》いて後、いっそう訛《なま》りの強まった方言で、西埜に〝普通の小説〟を書いてくれと懇願するのだった。

頼むから〝目をつけられるようなこと〟はしないでくれ、と。

「小説に、普通というのはないんですよ」

西埜が短く応じると、その人は不意に眦《まなじり》に怒気を漲《みなぎ》らせ、わざわざ口論しに来たのかと、息子を烈しく詰《なじ》った。

仮に「時間」を過去と未来に漏斗《じょうご》状に拡がる古典的なモデルで考えるとすれば、その構造の中央部――束の間の〝くびれ〟の如き数十年を共に生きた他者が、いま現実に、宇宙の涯《はて》よりも隔絶した喪失感は、西埜森夫においても埋めようがなかった。それについて考え始めれば、そこからたちまち世界が裂けだし、現実が溶解し始めるかのような。

しかしその喪失感は、それ自体かつて何事かが存在した事実の残響であり、少なくとも最初からの「無」とは、明らかに違う筈だった。人間は類似し、しかも個個の生は交換不可能な一回性のものとしてある。生と同様に、死も。

そして誕生とは、まぎれもなく、あらかじめ死を内包した生を贈与されることだった。西埜森夫は、いま自分が「生」の岬の突端――これまで来たことのない断崖絶壁に到り着き、立ち尽くしていることを諒解した。


「海を見たのなんて、何年ぶりだろう！」

結局、蜃気楼は出なかった帰り、眺望の開けた地点で車を停めると、母は杖を支えに立ち、眼前の風景を讃歎しつづけた。綺麗だねえ、綺麗だねえ……と溜め息をつき、きょうは本当に良かったよと、声を顫《ふる》わせるのだった。

ならば、もしも《レキオ》の海を目の当たりにしたら――。

それは西埜が、この何年も抱懐し、実際に彼らに提案も重ねた計画だった。けれども現実の解き難い紐帯《ちゅうたい》のなかで、結局、果たされないまま持ち越されてきた夢想でもあった。どちらにしても、老親たちの晩年は、最低限の安穏すら断念せざるを得ないものとなった。

助手席に戻った母は、不思議な安堵の色を表情に滲ませ、四箇月近くまえの火葬場からの帰途、抱えた夫の骨壺の温《ぬく》みを詠《よ》んだという自作の短歌の話をした。

……いま、《重力の帝国》ＵＡＤの支配する衛星監視システムが、地球上に縦横に張り巡らした格子《グリッド》構造の一桝《ます》のなか、中世封建領主のごときイムペリーオ・ヤマト政府が鈍重《どんちょう》に蹂躙《じゅうりん》する版図《はんと》の一隅で、西埜も、老いた母も〝ものの数〟ではなかった。しかも西埜の綴るささやかな言葉は、それすら自らの権益を脅かすと見做す、さまざまな立場の者らの思惑によって、西埜がようやく刻みつけるそばから、念入りに削り取られ、塗り潰され、埋《い》け込まれてゆくことだろう。

しかし、それでもなお——自分は独りだと考えることは、傲慢である筈だった。

現に独りであることは、同様に独りである他者と、実は共に在ることである筈だった。

西埜森夫は、そう——自らに言い聞かせようとした。

第五話　愛の遺跡

この建物、変わってるでしょう？　——最初に《作画チーフ》と肩書きの記された煙草臭い名刺を渡してきた青年が、わざわざ首を伸ばし、十瀧深冬《とたきみふゆ》に意味ありげに耳打ちした。

「何だか、分かります？」

「球根……かしら」

「子宮を象《かたど》ってるんだそうですよ。監督によれば、ね」言って、相手は咽喉の奥を鳴らし、笑う。

青年の無駄口を咎《とが》めるように、

「もう少し、何かないのか？」

——舌打ちして、〝巨匠〟は一同を見渡した。ソファに巨軀を沈め、旧作のキャラクターらしい、本人よりさらに魁偉《かいい》な、藁塚のごとき海坊主の縫いぐるみに、のけ反らせた頭を預けている（その黄色の縫いぐるみの由来を、深冬はよく知らなかった）。金色に染めた鬚《あごひげ》をしきりに扱《しご》きつづける〝巨匠〟の仕種《しぐさ》には、捗《はかど》らない会議への倦《う》み果てた気分が滲んでいた。

おのおの少なからぬ濃淡の違いはあれ、いずれも一種昂然たる帰属意識ともいうべき誇らしげな表情で差し出された〝砂嵐〟のロゴマークに役職の付された五枚の名刺を、深冬は彼らの席順に合わせて手許に並べていた。

作画チーフ・腐爛丼孵卵《ふらんどんふらん》の隣、首席マネジャーの五十男は手羽元十郎慶家《てばもとじゅうろうよしいえ》、それよりやや若いマーケティング・リーダーが夜脂川蜜流《よしかわみつる》で、それから《一言居士《いちげんこじ》》なる奇妙な肩書きの青年がいて——そして十瀧深冬の正面で、彼ら五人を統べる〝御大〟が、《大砂塵《だいさじん》プロダクション》代表にして、いまや〝現代世界最高のアニメーション監督〟と目される青蝿肺魚海牛《あおばえはいぎょうみうし》なのだった。

彼らと、紡錘形の一部が機能上の必要から平面に切り取られた長テーブルを挾んで向き合うように、十瀧深冬たち三人は席を占めていた。八客分の珈琲カップと受け皿で埋まったテーブルは明らかに狭すぎ、そしてもっぱら青蝿肺魚海牛がふかす煙草の吸い殻と灰は、この応接室の奢侈《しゃし》と不釣り合いの、二つ安物のステンレスの灰皿から、疾《と》うに溢れ出していた。

それにしても《火星旅行》の煙が、いがらっぽいといったらない。金に不自由はない筈なのに《大砂塵プロダクション》総帥は、なぜ選りによってこんな安煙草を吸うのだろう（そしてこの会議室ときたら、なぜこんなに狭いのだろう）。

そのとき、十瀧深冬は、自分に水が向けられる気配を感じた。

「……十瀧さんね」〝巨匠〟は深冬の名刺から目を上げ、続けた。

「あなたはどうなの？　一方的な話じゃ、あんたもつまらんでしょう。あんたの意見を聴こうじゃないですか」

隣で、西東南北《さいとうなんぼく》が深冬を見返した。月刊『批評手帖』編集長の硝子玉のように澄みわたった瞳は善良そのもので、自分が連れてきた「脚本協力者」が何を言うかの興味に、たったいま蝌蚪《おたまじゃくし》を呑み込んだばかりの人のように見開かれている。

こうした場合、どんな態度を採るべきか。それは深冬も弁《わきま》えていた。

「その前に、まずお尋ねしたいんですが」

切り出した深冬に、相手が、ほう……と分厚い煙草の煙の向こうで目を上げる。〝禁煙はファシズムだ〟との手垢のついた主張を、この席の最初に〝巨匠〟はひとくさり、自説として開陳していた。

深冬は手で煙の壁を払いのけるようにしながら、話の糸口を手繰り出す。

「失礼ながら……こうした作品を、今回、あえて〝ポルノグラフィ・アニメーション〟と銘打って制作されるのはなぜでしょう？　他ならぬ〝世界の青蝿肺魚海牛〟ともあろう監督が」

煙草のけむりで眼が痛むのを我慢しながら、深冬は続けた。

「だって今、世の中はどこもかしこも、そこらじゅうがＡＶ《アダルトヴィデオ》だらけときていて……見渡す限りの風景の薄膜を一皮めくれば、その下には見るも無惨な性暴力と、それを享楽として消費する地獄絵図が拡がっているじゃありませんか。これまで秘め事だった何もかもが、裏返しの下着みたいにさらけ出され、身も蓋もない遊戯の映像は溢れています。インターネットの無料動画にも――」

首席マネジャー・手羽元十郎慶家が、明らかに不興げな咳払いをする。十瀧深冬は、続けた。

「いかにも、いまや私たちイムペリーオ・ヤマト国民は、老若男女ことごとく『性』にしか関心がないわけですが……しかもその欲求はすべて、パソコンやタブレット、スマホで簡単に満たせてしまう。その気になりさえすれば、家でも電車の中でも、人間が何千年ものあいだ隠してきた、最も親密な者同士の間でだけの秘め事だったはずの、他人が見たら赤面するような『愛』の奥義が、誰でも片手で数秒、端末を操作するだけで鮮明に再現され、その一部始終に、うんざりするほど立ち会うことができるんですから……」

　作画チーフ・腐爛丼孵卵が、ソファの奥で、もぞもぞと居心地悪そうに身じろぎした。十瀧深冬は、続けた。

「……それも、ただ〝消費〟しているだけじゃありません。自分たちも進んで〝性の電子戦〟に参与しようとして、我先にと、伴侶との――それとも〝セフレ〟とやらとの、あられもない動画や写真を撮りまくってはネット配信し、猫も杓子も自らの痴態を公開することに血道を上げています。そして、そうした映像が瞬時に世界を駆け巡る……。皆が自分で買ったつもりで、実は宛てがわれたにすぎない端末を片時も手放さず、必死で齧りついて、その液晶画面に向かっている――」

　マーケティング・リーダーの夜脂川蜜流が、何か小さく呟いた（あるいは、舌打ちだったかもしれない）。十瀧深冬は、続けた。

「いまや小学生さえ、高学年にもなれば、インターネットやコンビニ雑誌、〝口コミ〟で、自他を悦ばせる性技の習得に余念がなく、すでに女児は、化粧はおろかピアスや整形手術にも手を染め、〝ミス・コンテスト〟に出たり〝グラビア・アイドル〟デヴュすることで頭が一杯……。おめでたい親たちは、しかもそれに双手《もろで》を挙げて賛成、銀行や、果てはサラ金から借金してまで、子どもの人体改造を応援する……。その副作用は伏せられたまま、子宮頸癌ワクチンはやっぱり打っておいた方が良いのだろうとか、素直に思い込まされながらね」

横あいから、砂摺朱美《すなずりあけみ》の聞こえよがしなせせら笑いが響いた。まだ一桁の年齢から二十年余、〝自立した職業としての性交〟を重ねに重ねてきた果て、ふと気づいた〝性愛から愛が脱落する切なさ〟を歌う五七・四三調混淆《こんこう》の文語定型詩集『彼処《カシコ》ノ、匂《ニホ》ヒ』で、いま注目を集める――〝この国に性的搾取など存在せず、一切の性的表現物は「強制」も「強要」もない自由意思の産物である〟と主張する、この〝女流詩人〟が、今般〝巨匠〟のくだんの新作で主人公の少女役の声優としてキャスティングされながら、しかも不本意にも自らには依頼の来なかった「脚本協力」に『批評手帖』誌の推薦を受けて抜擢された無名のフリーライターへの執拗な関心を駆り立てられているらしいことは、初対面の挨拶を交わすなり、十瀧深冬にもたちどころに諒解された。

深冬は、やや声を強めた。

「そうして、そこから実際の性交渉も始まる――。男女・人数に関わらず、いかなる組み合わせであれ、他者に似ないと……『性』の領域で他人がしているのと、最低限、同じことをしなければ〝損〟をしている、それはすなわち人生の敗者、落後者なんだという、涙ぐましいまでの強迫観念が空中放電のように漲《みなぎ》っている――。そんな性愛のファシズムにどっぷり呑み込まれた国のこんな時代に、映画館用〝ポルノ・アニメ〟という試みが、果たしてどれほどの意味を持つんでしょうか？」

隣で、月刊『批評手帖』編集長・西東南北が途方に暮れたように繰り返し、小さな顎を撫でているのが、さきほどから視野に入っていた。もとより彼が心配する必要などないことに、深冬は早く気づいてほしかった。

「そうだ。まさしく、その通り！」

現代世界に赫赫《かっかく》たるアニメーションの巨匠にして《大砂塵プロダクション》代表――青蝿肺魚海牛は劇《はげ》しく咳き込みながら、噛みつくように十瀧深冬の言葉を引き取って、両脇の部下たちを見比べ、快活な笑い声を上げげた。

「どうだ？　ええ？　どうだ」

それから《大砂塵プロダクション》代表は、灰皿の臭いのする顔を十瀧深冬に近づけ、屈託なく訊く。「失礼だが……あんた、歳は？」

深冬が答えると、座の全体がどよめいた。

「とても、五十過ぎには見えないわね」砂摺朱美があけすけな口調で論評する。

その言葉が何かの許諾を意味していたかのように、「ほんと……」腐爛丼孵卵は舐めずるように深冬の全身を眺め回すのだったが、その作画チーフの無遠慮な視線以上に、砂摺朱美の執拗な関心が、十瀧深冬には疎ましかった。

「ことによると、化け物？」――〝女流詩人〟の口調は、もはや露骨に憎悪を滲ませている。

一人、青蝿肺魚海牛だけは、自らの想念を追いかけつづけていた口ぶりで、言葉に力を込める。

「――いや。だからこそのアニメなんだな、これが」

煙草の脂《やに》で蜜蠟《みつろう》に涵《ひた》したような色に染まった人差指と中指との間に吸いさしの煙草を挾んだ右手

を大きく振り回して〝巨匠〟は言いつのった。

「話を簡単にしよう。一つには藝術の力、本物のエロスとは何かを、現代ヤマト社会に見せつけてやりたい――。その思惑がある。それに本音を言えば、ついでに俺自身の〝振幅〟というやつもな……。いつまでも単純な〝ヒューマニズムの旗手〟扱いされるのは、儂《わし》の本意じゃないからさ。ほんとうは〝善〟にも〝悪〟にも強いところをね」

ここで〝巨匠〟は、わざとらしく片目を瞑《つぶ》って見せた。……精確に言うと、片目だけを瞑ろうとしてうまく行かず、結局、両目とも閉じてしまったのだったが。

「しかも肝腎なのは、それをするのがアニメだってとこだ。生身の女優を使うわけじゃない。だから女性差別にもならない」

「それは……さて。どうなんでしょうか」

《一言居士》なる奇妙な肩書きの――その名を八角五香夫《はっかくごかお》といううらしい青年が、人が〝静かな確信的疑義〟ともいうべきものを提示するときの調子で声を上げた。ちなみに八角は唯一、十瀧深冬が話している間ずっと面白そうに一同を見回していた人物でもあった。

「つまりおいらの考えじゃ、これは〝いかなる意味でも性差別ではないポルノ〟なんだ」〝巨匠〟の一人称は次つぎと変わっていた。「知ってるでしょう、十瀧さん？　あの手の撮影現場の内幕がどんなものか……」青蝿肺魚海牛は八角五香夫の方は見ずに声を低め、眉を顰《ひそ》める。

もちろん、よく承知している。深冬は以前、依頼を受けて何人かの被害者の聴き取りをしたこともあった。娘たちが粗雑な「契約書」紛《まが》いを突きつけられて脅迫され、号泣し、嘔吐しながら――

それさえ判で捺したように〝紋切型の凌辱〟の台本を強制されるだけではない。

この国の平均寿命を上回る独居の女性たちすら、人生の終局にあって全てを剝ぎ取られ、さらけ出し、人間の矜恃《きょうじ》の最終的な崩壊の過程をヴィデオ・カメラに記録される。そうして「生き恥を晒《さら》す」という古めかしい言い回しが、ここにきてしきりと多用されるようになった、それらと引き換えに——たかだか一週間か、せいぜい半月分の最低水準の食費を得ようとする……。紙幣を何十日も手にしたことのない彼女たちのなかには、直接間接に《灰色の虹》の発生によって、それまでの家族と生活基盤とのいっさいを喪失した事例も、複数、含まれていた。

「現代世界でも、最も性暴力・性犯罪が社会の最表層での〝市民権〟をも獲得し、〝職業〟とまで強弁され扮飾されて、公然と〝文化産業〟化している国家」——。

あのUAD《重力の帝国》の政府諮問機関すら、イムペリーオ・ヤマトをそう定義し「重大な懸念」を表明して、国連の人権問題担当部署への提訴を検討している……。

そのように、再三、報道されてきながら——結局のところ、決して何事も起こりはしないのは、なぜか？　——いまではその理由が、十瀧深冬にも、うすうす推測されるようになってはいたが。

〈それにしても……〉

青蠅肺魚海牛の主張で、十瀧深冬が最も滑稽に感じたのは、そもそも、ほかならぬ彼自身の自己諒解に関してなのだった。

〈いやはや、あれが〝ヒューマニズム〟とは——恐れ入るわね。まるで〝とんとん相撲〟でボール紙の土俵に載せる、色紙を二つ折りにした力士さながらの量感のないぺらぺらの人物造形と、のっぺり平板な風船玉そのものの彩色で、鳴り物入りの〝世界観〟はといえば、あらかじめ設定された特権的封建制や、〝物語の法則性〟なんて薬にしたくとも無い箍《たが》の外れた〝ファンタジー空間〟、ないしは軍事マニアの中学生めいた、時代錯誤の戦記物講談調……いきおい、描写は空疎な内容に相応しい〝焔《ほのお》〟と〝爆発〟まみれの大量死の暴力シーンの連続で、そこに見え透いた道学者風の似而非《えせ》〝哲学〟を加味した紋切型の俗流徳目の安香水を数滴、したたらせ、粉飾しとおせるところまで粉飾しとおそうとする――。どうせ大衆など、この程度で十分、こんなもので済むと、高を括っての……あんな〝表現〟が！〉

ところが、喧伝される〝触れ込み〟を当の作品そのものが最初から裏切っている、そうしたアニメーションが――あろうことか、あらゆる場で持て囃《はや》され、「戦争」や「ファシズム」に反対すると称する〝市民運動〟に集う母親父親たちの伴ってきた幼児らが預けられる「託児」スペースでも、子どもたちの気を惹《ひ》くのに決まって上映される……。そして、あらかじめ吹き込まれた〝世評〟の集団催眠で、大人も子どもも誰一人、その内容に疑問を持つことなど夢想だにせず、跪拝《きはい》し礼讃しつづけている――。それがイムペリーオ・ヤマトのみならず、おそらく現在の世界の姿なのだった。

〝青蠅肺魚海牛さんも、戦争は良くないと言ってくれている〟〝あの青蠅さんも！〟

――声を震わせ、忝《かたじけ》なさに涙ぐんで口走られるそんな呪文のような決まり文句を、このかん深冬は何十度、その種の〝市民運動〟関係者から聞かされつづけてきたことか。

〈ファシストなのよ。そういうあなたがた、受動的小市民自身が、すでに、ね。それなのに、なぜ、譫言《うわごと》みたいに〝戦争反対〟〝平和が大事〟だけは口にするの？　他者や権威に依存しきった、それ

こそが、ファシズムというものの姿なんじゃなくて？〉
一度だけ、風の噂に十瀧深冬は、いまから十年余り前、何かの間違いでセッティングされた、この〝アニメオタクの神〟〝現代世界最高のアニメーション監督〟との対談で、当の青蠅肺魚海牛を面罵した……という作家の話を聞いたことがある。真偽の程は定かではないものの、最後は〝摑《つか》み合いの喧嘩〟になったとも、インターネットでは面白おかしく語られる、その人物の著作を、深冬は、いつからか、見つけるそのたび、なるべく入手し、読むようになってはいたのだったが——。
そしてその対談が、これもさらなる手違いでか、そっくり掲載されてしまった雑誌というのが、ほかならぬ月刊『批評手帖』だったはずなのだが……こうして西東南北が、何事もなかったかのように《大砂塵プロダクション》に顔を出せていることからすれば、少なくとも〝摑み合いの喧嘩〟云云は尾鰭《おひれ》のついたデマだったのだろう。

しかし今回の新作にも、すでに企画発表の段階でたちまち、多くの引き合いがあった。遠からず世界中から、他社に後れてはならじと、エージェントのバイヤーたちが、配給権と二次商品化権の買い付けに押し寄せることだろう。そしてまたこの事実は、最初の疑問——どうしてイムペリーオ・ヤマトの性暴力表現は治外法権状態で野放しにされているのかとも、見えない部分で深く、太い地下茎のごときものにより結ばれている気が、十瀧深冬にはしてくるのだった。
〈この国の男たちには、骨の髄まで沁《し》み込んだ女への憎悪がある——。何かきっかけさえがありさえすれば、それはたちまち噴き出し、そして皆を戦争へと繫《つな》げてくれるんだわ。だから文科省も

文化庁も、助成金はたんまり出すことでしょう。〝巨匠〟の方は最初から、そんな端た金、必要ともしていないでしょうにね〉

「そういえば、あんた、何か、シーンのスケッチを持ってきたんだっけ？」

青蠅肺魚海牛に促され、十瀧深冬はトートバッグからA4のファイルを取り出した。

「きょうは、とりあえず二点――」

一つ目はシナリオ冒頭、〝永遠の性愛の国〟を目指して旅に出た〝いまだ真実の愛を知らない〟不老不死の少年と少女が彷徨《さまよ》う曠野《こうや》の場面――。見渡す限りの地形の隆起はすべて、男女同数の、ただひたすら〝狭義の性器と、広義のとまでは言わぬ、中間的な性行為に使用され得る諸器官を含んだ、極めて局限されたその周辺部位のみ〟が露出し、密生する隠花植物のようにざわめく風景となっている。

「ただし、これはあくまでそれらが、地中に自らを埋め込んだ〝生身の男女〟により、差し出され〝提示〟されているオープンセットなのだ、との設定が観客に伝わらなければ意味はありません」

深冬はしかつめらしく註釈を施し、次の説明に移った。

「こちらは〝進化の過程を逆行する生命の系統樹〟が眼目でして……」

〝遺伝子組み換え〟により、ヒト男女はあくまでその性器のみが原形を留め、身体の他の部位は哺乳類から遡行して有性生殖の最も原初的な動物に到る、多岐に及ぶさまざまな種に変えられた多彩なキャラクターが登場する。全身に一二八個――豚と犬と牛と山羊と猫と海豹《アザラシ》とフェレットの乳房を持った、もはや単に「哺乳類」と定義するよりほかない脊椎動物の牝。二十四本の陰茎と、むろん四十八個の睾丸を装備し、全身を性器とした牡。その身体改造のベースとなる肉体は、現在のヤマト社会で抑圧され疎外された者たちから、劇中の悪党らがいくらでも探し出してこよう。昨今の大衆に顕著な嗜好からして、猫の蹠《あしうら》の「肉球」を多用することも忘れてはならない。人間の頭部を、海象《セイウチ》・旗魚鮪《カジキマグロ》・伊勢海老、そして大王烏賊《ダイオウイカ》ら頭足類のそれと置き換えることも、場合によっては考慮されて良いはずだ……。

「終幕で、主人公二人――百歳の少年シサムと百一歳の少女キサラに、自ら身を以て〝性の神秘〟を示すのは、それぞれヒト成人男女の性器を嵌《は》め込まれた、ヒト等身大の三葉虫のカップル――ブムブムとグムグムです。……あ、こちらの三葉虫カップルの名前は、イムイムとラッピでも構わないんですけど」

「三葉虫って、雌雄があったっけ？」「さあ……」手羽元十郎慶家と夜脂川蜜流とが顔を寄せ、ひそひそ囁き合う。

「いいんです。ともかく〝人間の尊厳〟とやらを侮辱したいんでしょう？　――ポルノグラフィなんですから」ぴしゃりと決めつける深冬の剣幕に、首席マネジャーとマーケティング・リーダーとは、あっさり黙り込んだ。

膝に置いたファイルに見入っていた青蝿肺魚海牛は、まったく表情を動かさぬまま、傍らの腐爛丼孵卵を振り返る。

「作画は？　映像化できそうか？」

「作画自体は、まあ大丈夫でしょう」

相手の返事に小さく頷いて〝巨匠〟は十瀧深冬に向き直る。

「それと、きょうは一応〝タイトル会議〟なんでね。題名はどうするか？　いま出てるのは『悦楽之苑』って、いかにもフランドル絵画からの気恥ずかしくなるような臆面もない借り物と、もう一つ『人魚の恥丘』ってやつで……こっちはまあ、一応、泰西象徴派風だが、どうにもぱっとせんのがあって。——何ともはや！」

十瀧深冬は、自分の腹案を告げた。

耳の奥からウツボカズラが発芽した人のように、数秒、考え込む風だった青蝿肺魚海牛は、ややあって、

「ほう！　そりゃいい……。ふうん」

左右に目をやり、初めて満足げな笑みを浮かべた。

「『愛の遺跡』——いいんじゃない？」


砂摺朱美がそそくさと帰った後、まだ別の打ち合わせがあるという西東南北を《大砂塵プロダクション》に残して、十瀧深冬と八角五香夫は、深冬が往路に下車した私鉄の駅をめざしていた。

二人を送り出しながら、いや良い人が来てくれたと繰り返し、あんたも今回はほんとに良い人をよこしてくれたねと相好を崩して振り返る青蝿肺魚海牛に、月刊『批評手帖』編集長は、すっかり面目を施した様子で、僕も良かったですと愁眉を開いた面持ちだったが——これはたぶん、くだん

の作家のことを念頭に置いてのやりとりだったに違いない。

八角は深冬に目をやり、問いかける。

「風邪ですか?」

「いいえ」

「じゃあ、なんでマスクを?」

「そう言う、あなたこそ」

そこで、二人は申し合わせたように破顔する。深冬が付けているのも、八角五香夫のものも〝医療従事者用〟の「三面立体防護」を謳《うた》った製品だった。

「まあ、気休めですがね」

「そうよね」

応じながら、十瀧深冬は大気中の〝虹色の灰〟が首都より格段に高濃度の《灰色の虹》爆心に近い地で、母親にごく一般的なガーゼのマスクを用意してもらった学童が、登校した教室で担任から叱責され、それを強制的に外させられるという事例が頻出した頃を思い出した。もう、そんな話すら、耳にしなくなって久しかったが――。

「僕みたいに耳の痛いことを言う奴も、一人くらいは置いておけって話で――〝世界的巨匠のさすがの度量〟というわけです」

聞いていると《一言居士》は《大砂塵プロダクション》のスタッフではなく、さしずめ〝嘱託〟の相談役といった立場なのらしい。

「彼らのことを、〝救いのない四重奏《クワルテット》〟と、僕は密かに呼んでましてね——」

八角がそう、思わせぶりに仄《ほの》めかすのは、青蝿肺魚海牛ら、さきほど会ったばかりの面面を指しているようだ。

深冬が、その気安い陰口の叩き方の馴れ馴れしさに、かすかに顔を顰《しか》めたのを看《み》て取ると、相手は素早く話題を変えた。

「それにしても『批評手帖』は〝巨匠〟の新作のたびに、タイアップして臨時増刊号を出しますね。この夏もその売り上げで、社員のボーナスを賄《まかな》うんでしょうか」

「そうなの？」そんなことも深冬は知らなかったが、それより、どうやら八角五香夫が自分と話したがっていることの方が意外だった。

「なんだか、浮かない表情ですね。少なくとも十瀧さん提案のタイトルは、この分だと採用される可能性、大ですよ」

「そうかしら」受け流そうとして、もう一言、深冬は言い添えた。

「どうでもいいの、実は。ごめんね——」

……そうだ。ある日、イムペリーオ・ヤマトに犇《ひし》めく数十基の《炉》のあちこちで、再び、同時多発的に継起する炉心溶融は、大量の現場関係者の即死・急死と、なんら方針のない離脱・退避によって、数日のうちに全土へとドミノ式に拡がるだろう。絶え間ない爆発。火球。連鎖反応として林立してゆく《灰色の虹》の、大小さまざまの弓形。

密集するキノコ雲は、宇宙空間からは、この弧状列島が同形で鉛色のカリフラワーに取って代わられたかのように見えるにちがいない。葡萄《ぶどう》状の癌腫のような、分厚い綿埃《ぼこり》に似た、それらキノコ雲の内部に、赤・紫・橙《だいだい》・青・緑・白色……閃光が痙攣的に明滅し、五色七彩《ごしきしちさい》の稲妻が線香花火さながらに瞬《またた》く。

降り注ぐ何億立方メートルもの〝虹色の灰〟が惹《ひ》き起こす、極急性・劇症性・致死性の障害が夥しく増加するだろう。控えめに見積もっても、東アジアの――事実上は、少なくとも北半球の終焉である。だが……。

だが、それでもなお――この破滅の張本人たるイムペリーオ・ヤマトの大衆は、噴出する鼻血・結膜出血・とめどない下痢・皮膚に浮く紫斑や白斑・脱毛・咳や高熱・嘔気と悪寒と全身倦怠に苛《さいな》まれながら、依然として、カップ麺で昼餐《ちゅうさん》を済ませ、スナック菓子を頬張っては、テレビの「お笑い」番組と、日夜、配信される〝出会い情報〟やAVに明け暮れ――そのまま唯唯諾諾《いいだくだく》と、黙黙と、被曝死してゆくのだ。

虚血性心不全。急性白血病。大動脈瘤破裂。大動脈解離。若年の脳梗塞。あらゆる種類の悪性新生物。あらゆる型の肺炎。多臓器不全……。

最後の最後まで〝虹色の灰〟との「因果関係」は否定され、社会システムは脅迫的な相互監視で統制され、維持され続ける。この国――比類なきイムペリーオ・ヤマトにのみ成立可能の壮大な奇観として。ないしは、人類史に顕現した〝奇蹟〟として。

後には、ただ何千万人もの死体だけが残るだろう。大伽藍《がらん》がまるごと、性交する男女群像の石彫で構築された南アジアのどこかの寺院のように。あるいは、古代地中海沿岸の、高度に発達した商都としても〝逸楽の都〟としても栄耀《えよう》栄華を極めながら、火砕流にそっくり呑み込まれたという、あの伝説の廃墟のように。

老いも若きも、必死で自らのうらぶれたインターネット端末に齧《かじ》りつき、最後の最後まで色慾に惚《ほう》け、魂の麻痺した、その姿のまま――。分厚い分厚い〝虹色の灰〟の堆《うずたか》く重なり合う地層の下、イムペリーオ・ヤマトの「遺跡」となって。

――それが、十瀧深冬の示した『愛の遺跡』という題名の真意だった。あの席では、むろんこれは言わずにおいたものの。


駅では、先に下り電車が来た。

「じゃ、僕は反対方向なんで」

ホームに、近づく電車から目を転じ、八角は深冬を見つめた。

「でも良かった。タイトルが落ち着くべきところに落ち着いて。いくらなんでも『人魚の恥丘』じゃあねえ……。ところで、十瀧さんは――ひょっとして大衆を啓蒙するのが自分の使命だとか、考えてます?」

「まさか」深冬は笑った。

「なんだったら私も、その大衆の一人よ。――こんな風に言っておけば良いかしら?」

「なるほど? 上出来です。……ともかく『愛の遺跡』なら、終末期イムペリーオ・ヤマトにすこぶる相応しい。この間抜けな国の〝繁栄〟の掉尾《とうび》を飾る、これまでの青蠅肺魚海牛作品を集大成した〝軍国映画〟になることでしょう」

反射的に自分を見返した深冬に、電車に乗り込んだ八角は悪戯っぽく言い添えた。

「……あ、もちろんこの国が、また戦争をしたがっていることは、御承知ですよね？」

「もう、とっくに始まってるじゃない」深冬が応じると、

「そうでした」

マスクから覗く眼が思いのほか清《すが》すがしげに笑う青年の前で、電車の扉は閉まった。

II 遠い腐刻画

第六話　かくも才能溢るゝ同時代者らと共に生きる倖せ

酉埜《とりの》さん、知里《ともさと》です。知里永《ひさし》です。すっかり御無沙汰してしまいました。

現在――この瞬間においても、なお「禁作家」という〝称号〟を冠した上であなたを呼ばなければならない経緯と、その憤ろしい不当さについて、ここで再びくだくだしく多弁を弄することは、とりあえず、しますまい。私がこう考える理由の一つは、それらを私が記録するには、いずれ別に、より相応しい場所と機会があるだろうと予感するからです。そしてさらに重要なことには、「禁作家」というその厳粛な事実に……誰あろう、自らの存在そのものにおいて、砂鉄を噛むような思いとともに耐えつづけておられるのが、かの《重力の帝国》たる〝唯一の超大国〟の〝ハイパー・テクノロジー〟監獄の最上層――〝「世界」から完全に遮断された完璧な独房〟において、いまや一切の発語が封印されている作家たる、酉埜森夫《もりお》さん――あなた御自身にこそ、ほかならないのですから。

禁作家・酉埜森夫さん――。

それにしても、今回、あなたの故国……と、不用意にも呼んでしまうのは、この国をつねに《重力の帝国》の「属国」と規定し、またしばしば「イムペーリオ・ヤマト」とも呼び習わしてもきたあなたの、何より肯《がえ》んぜられないことかもしれませんが、その——ここ、イムペーリオ・ヤマトの首都で開催された二〇××年度《DJGSNGSKHSSM（大ヤマト現在先端日常性藝術振興共進博覧即売綜合見本市）》に関する報告のお求めを、あなたから受けたことには、実のところ、少なからず意外の感を深くしました。とはいえ、もちろん、こんなささやかな作業であれ、あなたのお役に些かでも立てるとするなら、それは私にとってこの上なく嬉しいことでもあるのですが——。

そうでしたか……。今回、《重力の帝国》ハイパー監獄の最厳戒監房にあっても、あなたが文章を——文字を綴ろう、言葉を発しようとされていること。それ以前に、そんなあなたの「書く」という行為を支えよう、そのための諸条件を調《ととの》えようとする作業が、どこのどのような人びとによってか、いまこの瞬間にも営まれつづけている事実を知ったのは——こう記しても、それをあなたはいたずらな誇張とはおっしゃいますまい——私にとって、なお、この世界に対する「希望」を繫《つな》ぎ止めるに足る、紛れもない一つの「事件」でした。忌憚なく申し上げるなら、まだ見ぬ——そして今後とも、おそらくは決して相まみえることはないに違いない、それらの人びとに対し、然るべき賛仰と……同時に、かすかな嫉妬の疼《うず》きをすら覚えるほどに。

〝批評を書くように小説を書き、小説を書くように批評を書く〟ことを、つねにめざしてきたというあなたにとって——またそれを二十世紀美術史の巨大な聳動《しょうどう》の震源となりつつ、しかも永遠に孤絶した屹立を示す、かのA・Gの「彫刻」と「絵画」とにおいて為した達成に準《なぞら》えもしたあなたにとってすれば、それら、狭義の「美術」もしくは広義の「藝術」全般に関わる〝批評的小説〟という構想は、ある意味、呼吸するように自然に取りかかられ得るそれなのかもしれません。

——それにしても、事もあろうに《DJGSNGSKHSSM》（大ヤマト現在先端日常性藝術振興共進博覧即売綜合見本市）》について、あなたが何を、お書きになろうというのか。

かっきり一九七五年に「戦後」以後の時代が始まった、同時に〝制度圏〟の「ヤマト文学」は滅んだ、と……かねて主張されているあなたが、美術もしくは藝術に関して、どのような見解を持っておられるのか。これは、私ならずとも、心ある——そして、現時点においては、いまだ圧倒的少数者でもあるかもしれぬ——人びとにとって、興味深いところであるにちがいありません。

——先回りして予想してしまうとすれば、おそらくは……そんなものは——〝現代ヤマト美術〟な、というがごときは、最初から存在してなどいなかったのだと——酉埜さん、あなたはおっしゃるでしょうか？

賢《さか》しらな贅言《ぜいげん》は止しましょう。本題に入らなければなりません。

昨年は、一九八〇年代中葉の浅ましい〝泡沫経済〟期、《レキオ》でも《重力の帝国》とヤマトの軍事施設のいまだ及ばない地——先島諸島きってのリゾートたる與那波《よなは》島の珊瑚礁に、都内のIT企業と金融資本により、自然破壊との国際的な批判を押し切って造営されたと聞く、無慮四百棟のインド洋風・水上コテージ群を借り切って開催された《DJGSNGSKHSSM》（大ヤマト現在先端日常性藝術振興共進博覧即売綜合見本市）》でしたが、今回、会場として選ばれた地は、トキーオ湾——S運河とA運河とに挾まれた中洲でした。主催者側が「陸繋島《りくけいとう》」と洒落《しゃれ》てみせた、その北東─南西方向に三キロメートル弱、北西─南東方向には一キロメートル強の細長い埋め立て地に、あろうことか、副都心西口公園とS川べりの二地域の路上生活者たちから〝後援機関たる文化庁および東京都により拠出された公金を財源とし、適価により、半ば強制的に買い上げられた〟青色ビニール・シートのテントや段ボール製の塒《ねぐら》一千余を「配置」し、それらを出展「作家」ごと、ないしは協賛「画廊」ごとの展示スペースとして、二〇××年度《DNGSNGSKHSSM》(大ヤマト現在先端日常性藝術振興共進博覧即売綜合見本市)は挙行されたのでした。

この暴挙の理由たるや〝現代の都市生活をめぐる表現のリアリティは、そこで最も緊張を強いられる生存形態を余儀なくされる「階層」の居住空間を「借景」することによってこそ強化されるのではないかと、我われは考えた〟からなのだそうですから──まさしく、何をかいわんやという思いがしますが。

……そこでの「展示」の詳細な描写は、煩を避けるという意味以上に、まず何よりあなたとの交信手段が極めて局限されており、無駄な文字バイト数を費やすことができないという事情に鑑《かんが》みて、慎まねばなりますまい。そして何より、いかなる場合も対話においてつねに「問題」の「要点」を──ただ「要点」のみを一瞬のうちに提示することを求められるあなたに、私は一体、何を語るべきでしょうか。

……と綴っている、かくなる私も、いかにも、この国──あなたが限りない侮蔑を込めてそう呼ばれる「イムペーリオ・ヤマト」において、「全国紙」と称される類《たぐい》の新聞の〝学藝欄〟とやらに寄稿することも、しばしばある以上、「ギルド」のための泥水を啜るような〝展覧会時評〟をものさなければならなかったりもするのですが。
お嗤《わら》いください。私とは、どんな空疎な文章さえ、糊口のためになら綴ることも厭わない人間というわけです。たとえば、こんな風に――。
《かつてなら、和紙に亜麻仁《あまに》油を滲み込ませ、蜂蜜を塗り、乳香を焚き染《し》め、鉄板に羽毛を貼りつけ、床に砂を撒《ま》き、風を通し、煙を入れ、雨を降らせ、氷を砕き、それらさまざまな物体・物質の直接性において――いまだに鳩を描き、山梔子《くちなし》を描き、フジヤマを描き、裸女を粘土で捏《こ》ね上げ、猫も粘土で捏ね上げ、それで良しとしていた風情の「美術」に対するアンチテーゼを企てた〝新世代〟があった。それら旧〝新世代〟に対し、新しい大ヤマト現在先端日常性藝術は、より等身大の生の核心から、外界に対する無垢「まなざし」を注ごうとする志向を湛《たた》えつつあるかに思われる》
あるいは、こんな風に――。
《黒河乳雄《くろかわちちお》の『位相C』は、画廊・最奥の遮蔽《しゃへい》スペースに、死体を持ち込んだ作品（黒河の出身大学美術学部の倫理審査委員会の承認と、管轄保健所の特別許可を得ているという）。一九九×年の『位相B』は死産の息子の遺体を安置した作品だったが、今回はその逝去に伴い、妻の亡骸《なきがら》を展示する表現となった。なお『位相』系列連作における作品番号「A」は、黒河自身のためにとってあるという。すなわち『位相A』は、何年か何十年か後、黒河乳雄自身の死体を展示する作品となるはずだ》
はたまた、こんな風にも、
《手羽元十郎慶家の「Ｄｉａｒｙ／０７０９１１―０８０２１９」は、一昨年、大きな話題を喚《よ》んだシリーズ待望の第三弾だ。自らに発症臨界量の十倍の緑色Ⅱ号ウイルスを静脈注射して、以後の日常を、過去二作と同様、写真とテクストで記録する。粒子を粗くして焼き込まれたモノクロームのスナップと、呟くように寡黙な内的独白の文体とによって織りなされる複合的な心象風景の「揺らぎ」が、生命の裸形《らぎょう》のたたずまいを鮮やかに照射し、観る者に静かに迫る。なお自らの体調の悪化に伴い、手羽元は今後、この「Ｄｉａｒｙ」シリーズの発表ペースを早めたい意向と聞く》

いっそ、こんな風にも……。

《今日、大ヤマト現在先端日常性藝術は、疑いなく「静かな凝集」とも形容すべき一つの高峰を築きつつあるかに思われる。十九世紀後半の中欧印象派以後何度目かの、世界的な藝術思潮における〝新しいルネサンス〟もしくは、より思想史的な深度において言うなら、ヤマト近世末期・近代の幕開けたる〝維新〟の「諸士横議」にも比すべき、出身大学や帰属流派《エコール》の枠を超える革新の気運に満ちた時代を、私たちはまさに目の当たりにしようとしているのではないだろうか。

かくも才能溢るる同時代者たちと、ともに生き得る僥倖を、筆者は素直に喜びたいと思わずにいられない――》

この広漠たる空しさは何でしょう。

この国に生きること。この国で、苟《いやしく》も、こと「表現」に関わろうとすること――。それらいっさいの内部と外部とを絶えず巡りつづけ、絶えず精神の最低の悪液質状態を促す、古い瘀血《おけつ》のような、この空しさは。

そこには、何かが足りません（それを、実は私自身もまた、よく知っています）。そこでは「何か」を描いてはならないのです（それもまた私は、痛いほど知っています）。

終生、ついに創造者たらざる劣等意識に深く根ざした大学教員たちの裏返しの権威主義、キュレーターたちの世界観の狭さと事大主義、画廊主たちの拝金主義……いやいや、それらよりも何よりも、帝室技藝院会員や勲一等紫綬大綬章や文化軍功労者や文化将軍勲章やを、いまなお最終的な最上層とした――このイムペーリオ・ヤマトの表層の藝術の「制度」のなかで、きょうも宮殿にほど近い文化法皇庁藝術部作風登録課一藝担当第三係の窓口には、作風登録課長・八角五香夫《はっかくごかお》（四九歳）が撞《つ》く「右ヲ現代藝術ト認ム」の角印を求めて、〝アーティスト〟たちが、午前八時四十五分から長蛇の列を成しているといいます。

なんとも迂遠な方向から報告を始めることを……酉埜さん、どうかお許しください。

一昨日――厳重な手荷物検査と、その発行にあたっては一時的な生体情報の登録をも余儀なくされる複雑なIDカードの認証を経て、私は二〇××年度《DJGSNGSKHSSM》（大ヤマト現在先端日常性藝術振興共進博覧即売綜合見本市）に入場しました。澱《よど》んで饐《す》えた潮の香の満ちる、石膏色の空の下、赤や黒の寸断された紐の切れ切れのごとく着膨れた「大衆」のなかの一人として。

Ｆ１レースやモーターショーのそれとは一見、空気を異にする、植物質の雰囲気を〝平均値〟として持った接客係の女性たちが、それでも同僚同士や顔見知りの〝アーティスト〟、蒐集家たちとのあけすけなおしゃべりに興じ、外国人バイヤーの片言のヤマト語が囁かれ、《売約確定》の電子メイルの送信音が飛び交うなか、それらに最も似たものとしては、唯一、往年の高等学校の学園祭の展示物が想起される〝作品〟群の粗大ごみの廃墟のなかで行き惑い、歩き疲れた私が何を思ったか。量販店《サンチョ・パンサ》や九十九円ショップで仕入れられてきたと思《おぼ》しいがらくたをガムテープでキャンヴァスに貼りつけ、床に投げ出し、およそブース四箇所に一台の割合で設置された、いずれも千篇一律の〝砂の嵐〟を映し出すヴィデオ・モニターが「表現」であるのだという――もしも、これを「表現」であるとの約束事に従ってもらえなければ、たちまちすべては御破算になるのだという……その眼の前が暗くなるような、なんとも不毛な類似性・画一性の海となった、現代ヤマト最大の〝アート・フェア〟で、私が――さて、何を考えていたか。

〝作品〟として「展示」されている素材と、その作り手たちがブースの裏手でつまんでいるパッケージングされたスナック菓子や彼らの着衣の繊維、ないしは顔面に塗布された化粧品と本質的に大差のない、あの化学調味料・人工香料・人工着色料・人工保存料・人工甘味料・糊料・乳化剤・酸化剤・酸化防止剤・界面活性剤・安定剤その他もろもろと、同種・同族の工業製品の大規模投棄場かと思われる〝化学物質の森〟のなかで。

結論を書きます。

今回、《DJGSNGSKHSSM》（大ヤマト現在先端日常性藝術振興共進博覧即売綜合見本市）の会場にいた六時間余りのあいだ、私の胸に終始、去来してやまなかったのは〝ほんとうに、いまだなお「美術」は必要か？〟という単純な問いだったのでした。

小さな、あまりにも造形言語の言葉数の少ない物体――。平面か立体かという以前に、それは単なる「物体」としか、私の目には映りませんでした。ちょうど――西埜森夫さん、あなたの初期の短篇小説の一つに出てきた、すべての絵画が「物」、またすべての文字が「染み」に見えるという特異な〝能力〟を持った少年に、まるで私が成り代わったかのように。あの、彫刻――立体作品が「物」に還元されるばかりではなしに、絵画と称されるものもすべて、麻布や絹、和紙に塗りたくられ、滲み込まされた溶剤と顔料の堆積にしか見えないという、あの世界でいちばん孤独な少年のように。

それら物体に「自己」を投入する……もしくは、しないふりによって逆にしている（はずの）〝アーティスト〟たちの――その彼らが「作品」と称するそれらは、しかしながら、ひとたび「美術」という制度の枠組みを取り払って観たとき、もはや何物でもありません。臆面もなく大型のデジタル一眼レフカメラを首からぶら下げ、まるで〝絵を描くとは写真を撮ることだ〟とでもいうかのような、そして写真をただひたすら引き写し、それが「絵画」だとうそぶいていられるような彼らの。

……というのは、〝ルネサンスの万能の天才〟にして〝画家の中の画家〟の顰《ひそ》みに倣《なら》うわけではないものの、空を飛ぶ鳥の羽搏《はばた》き、野を駆ける馬の脚の運びを「肉眼」で一瞬のうちに「写生」できる者こそが画家であるという、ある意味で古めかしく頑迷でさえあるかもしれない思い込みを、しかし私は最後まで手放すことをしたくないと考えているからです。けれどそれはむろん、因襲そのものの膠《にかわ》絵の技法で大伽藍に万古不易・千篇一律の障壁画を描くことに価値があると、私が見做《みな》していることを意味するわけでもなければ、デパートのたいていは最上階の食堂街へと続く踊り場に架け並べられた、装飾過多の透かし彫り風の額縁のなかの、増量剤とともにペインティング・ナイフで練り上げる安絵具のこれ見よがしの厚みばかりが強調された、たどたどしい売り絵の方に、まだしも藝術家の「誠実」があると、私が主張して譲らないことを示唆するわけでも、むろん、ありはしませんが。

　ああ、もうそんなこと……あれやこれやのくだくだしい詮議の一切合財を含め、もはや現在において「美術」を論ずることそれ自体が、無意味というより「不要」なのではないかと——そう結論づけたい思いに、私は駆られたのです。なぜなら……。

　なぜなら——いまや、世界は〝アート〟に溢れているからです。というより、もはや世界そのものが、そっくりそのまま一個の〝アート〟にほかならないからです。このスペクタクルに較べるなら、《DJGSNGSKHSSM》（大ヤマト現在先端日常性藝術振興共進博覧即売綜合見本市）のごときは、縁日の夜店の慎ましい一軒にすら如かないほどの。

　朝、人が眼醒めることがそもそも〝アート〟であり、歯を磨き顔を洗うことも〝アート〟、味噌汁を啜ることが〝アート〟、生ゴミ置き場にたむろする嘴太鴉《ハシブトガラス》の群れが〝アート〟、集団登校する小学生たちが〝アート〟、着飾らせた我が子を公園の砂場に「放し飼い」する若い母親たちが〝アート〟、その脇を通る宅配便トラックの運転手が〝アート〟……。

　いまや〝アート〟でないものなど、どこにもありません。すべての事象が、生成したその瞬間、たちどころに〝アート〟となって「日常」を埋め尽くしています。この世界に〝アート〟でないものを探すことは、もはや困難となりました。

わざわざ付言するまでもないことですが、彼らの〝アート〟の〝完成度〟や訴求力は、今日となっては広告コピーやＴＶコマーシャル、そしてあまたの工業製品にも及びません。しかし、それはそれで、別段、誰も構いはしないのです。

長年「藝術」や「表現」にまとわりついてきた尺度の枷《かせ》など、もはやなく、それらはすでに〝軽やか〟ですら、「無意味」ですら、ある必要はなく、いまでは世界いっさいが寝食の一部と化した〝アート〟なのでした。風景がゴミの堆積のなかに埋もれ、ゴミを描くのが〝アート〟に求められる課題であるとすれば、描くより先にゴミそのものを提示する方が――もしくは、いっそ自らがゴミそれ自体になる方が、手っ取り早いというものではありませんか。ゴミを写すに最も相応しい画材は、ほかでもないゴミそのものであるという、身も蓋もない新「新即物主義《ノイエザッハリッヒカイト》」ともいうべき主張の明快さに、私は青空の中心から紫外線とともに降り注ぐ、誰のものでもない乾いた虚ろな哄笑を聞く思いがします。ポリ塩化ビフェニールやポリエチレンテレフタラート（ＰＥＴ）、ガラス繊維強化プラスチックは、表現される対象であると同時に表現する主体そのものでもあり、〝アーティスト〟の存在にはるかに先立って、それ自体がすでに決定的に〝アート〟なのです。

そして「画壇」全体としてすらも、考えなしの、手から先に動くがごとき手合ばかりが溢れ返っている……描くより先、造るより先に、まず思考そのものがゴミであるという、このかんの事情は――まことに残念ながら――しかも、こと〝アート〟に限った問題でもありません。

その結果、彼らの〝アート〟は、おのずから相互にどんどん似てきます。酷似してきます。当然、それはなんら非難されるべき事実ではありません。他者と「似る」ことが、なぜことさら咎《とが》め立てされねばならないのでしょう。「似る」ことは、出しゃばらないこと――横並びに、他のすべてとそっくりであることこそは、まさしく現代における最高の美徳ではありませんか。

ありていに言うなら、そうした「類似性」への志向は、同様に、たとえば性愛の領域においても顕著です。中学生、もしくは小学生さえもが、かつてなら慾情に衝《つ》き動かされた、いたいけな夢想や妄想のたぐいの醸成で頭をいっぱいにしていたはずのこの年代――しかし今日ではすでに「彼女ら」「彼ら」は、それを自ら慾情と自覚することすらせぬまま、やすやすと「行為」に及びます。性交し、妊娠し（させ）、堕胎し（させ）、もしくは出産します。ファスト・フード店とネットカフェ、漫画喫茶や、コンビニエンス・ストアに囲繞《いにょう》されたハイパー資本主義のただなかで、他者に遅れまい、他者とかけ離れたことはすまいという相互監視的な強迫観念に網膜の底まで染まり上がっては、性技においてすら、誰かに似なければいけない、何かを模倣しなければいけない……と、死に物狂いで自らが真似すべき対象を探すのです。

唯一性よりも類似性――。「日常」という神の足下に跪拝《きはい》し、TV受像機やインターネット端末、携帯電話やGPS機能つきピアスを身体の一部、自らの新たに獲得した器官とすらなして、飛び交う電波の上に増殖する「彼女」ら「彼」らの排泄欲求としての恋愛感情、放屁するようになされる恋について思いを馳せるなら、その昔「七色の屁」をしたいとうそぶいた東欧生まれのダダイスト詩人T・Tの夢は、いまや十全に開花し実現する段階にまで、私たちの社会は――少なくとも技術的には――成熟したとも言えるのではないでしょうか。

これ以上、いまさら何をする必要もなく、現在に付け加えらるべき何事もなく、世はすべて事もなく、歴史は凍結され、思考は封印され、いっさいが永遠の中庸状態、判断停止状態のまま、先験的な自己肯定が一秒間に百億回以上のせわしなさで無限定に繰り返されつづけています。

「彼女」ら「彼」らは、よく承知し、知り尽くしています。すでに最初から、自分自身が〝アート〟にほかならないことを。自分たち自身が、何より――むろん自らの〝作品〟よりも美しいことを。このとき、自己肯定と世界への肯定は、同義語です。

もはや、地上には〝アート〟でないものなど、存在しません。この世で〝アート〟でないものを探し出すことなど、不可能です。世界は美しい。吐き気を催すほどに。

西埜さん――。先日の交信の際、あなたからいただいた「言葉」を、いま私は液晶ディスプレイ上に開き、反芻してみています。

《……これはどうしてもお伝えしておかねばならないのですが、現在においてなお、藝術への私の「希望」をかろうじてつなぎ止めているものは、翌朝には自らが殺されることを承知している子どもたちが路上に描いたクレヨン画の数かずと、ある盲目の画家による執拗な揚言でした。これらについては、いずれ、後にお話しすることになるでしょう――》

《かつて私は、生まれながらにして眼球を持たない少年彫刻家と、拷問のため、両手の十指すべてを潰されたチェリスト、学校給食用の尖割れスプーンで眼球と睾丸とが抉り出され、入れ替えられた彫刻家――これは、私の十代の頃から固着し、脳裡を立ち去ることのないイメージでもあるのですが――の物語を「創作」したものでした。

しかしながら、いま私は、もはや生きていることそのものが紛れもない一つの「偉業」であるような人間の状態が、他者にとってのそれではなしに、まさしく即自的に、当人における「希望」となっている――そんな「生」のあり方から生成する、思想と藝術を夢見ているのです》

禁作家・西埜森夫さん――。

吐き気を催すほどに美しい、彼らのためのこの世界の、最大の大洋の両極の岸にあって、あなたが目にする夕陽は、おそらくは私にとっての朝日であることでしょう。

そんな一万余キロメートルの距離を隔てながらも、いま私は――彼らの占有、彼らの繁栄、彼らの鈍感、彼らの満悦、彼らの無恥、彼らの傲岸、彼らの愚劣、彼らの怯懦《きょうだ》、そして彼らの幸福に耐える、その術を……もう一度、あなたの言葉から学びたいと、烈しく願っているところなのです。

第七話　重力と寛容

「まさか、いきなりズドンと一発、お見舞いされちまったりする、なんてことは……ないんでしょうな？　向こうで、原爆の話をしたりすると――。わしゃ、それが怖いんよ。出てくるとき、娘も〝お父さん、ほんとに大丈夫なの？〟なんて言うてからに」

　不安げな表情でおずおずと口を開いたポロシャツ姿の初老の男性の問いを、スーツをりゅうと着こなした務局長は一笑に付した。「……いや、どうしても心配なら、こっちから先手を打って〝最初の奇襲攻撃〟の方を謝っとくことですな。そうすりゃ、まず安心ですよ」

「しかし、何はともあれ軍事施設を標的とした通常攻撃と、核兵器による一般市民への無差別大量殺戮とは、同列に論じられないでしょう。問題の〝奇襲攻撃〟に関しても、いろいろな説がありますし」西埜森夫《とりのもりお》が口を挟むと、恰幅の良い事務局長は顔を顰《しか》めて押し黙った。

　農民の土地を〝強制収容〟して造成された新国際空港の、《ＶＩＰルーム》と扉に金文字の施された貴賓室だった。事務局の関係者は二十人ほどが来ていたが、報道陣の姿は政党機関紙を除くと、ほとんど見えない。彼らに囲まれ、H市からの男性と女性、N市からの男性と女性——五十代半ばから七十代の初めと聞いた核攻撃生存者四名と、西埜森夫はいた。

「あんたは何百メートル？」「わしは、八〇〇メートルじゃけん」

同じ都市にいた同士も含め、全員が互いに初対面の核攻撃生存者たちが、自己紹介に必ず、被爆時の爆心地からの距離を織り込むことに、西埜森夫は強い印象を受けていた。

そして——この場に来て初めて事務局長から知らされた、今回《重力の帝国》へ出向くのは西埜たち五人だけであり、自らがUADとの往復ばかりか、現地での一行の通訳兼〝引率者〟にも擬されているらしいことが、当然ながら西埜を不安にしていた。

二十世紀も終わりの、ある夏だった。長い一日にもようやく宵闇が迫ろうとする頃、海かと見紛うP河畔の緑濃い、なだらかな丘陵地帯を、西埜森夫は現地委員会の幹部夫妻——ボブとキャサリンの車で走っていた。総計十五時間に及ぶの飛行の末、到着した目的地の東海岸地域は、さきほど空港で別れ、受入先のホスト・ファミリーの家に向かった四人の核攻撃生存者たちの大方と同様、西埜森夫にとっても初めての《重力の帝国》だった。それまで、国境を接する北側の移民国家を旅したことはあったものの、ここUADを、自ら進んで訪ねる日が来ることなどあるまいと、西埜は十代の頃から漠然と考えていたのだ。——それはUADが「重力」の「帝国」であるからだった。

それにしても首都のただなかにさえ、これほどまでに広大な森林や田園がひろがっているとは。西埜森夫自身の滞在先となる幹部夫妻の家への途中、立ち寄った給油所や巨大スーパーマーケットの途方もない規模以上に——栗鼠《りす》や野ウサギ、針鼠が出没し、懸巣《カケス》や鵲《カササギ》の舞う「自然」の豊かさに、むしろ酉埜は《重力の帝国》の底知れぬ「国力」を感じ、畏怖した。

一連の日程の最初に、首都の北、M州最大の都市で開かれる二昼夜の「国際平和大会」に泊まりがけで体験を訴えるという企画で、四人の同行者と酉埜は再会した。

「UADっちゅう国は、兵器もようけえ持っとるが、その分、平和運動も盛んなんじゃねえ」——出発時、事務局長に懸念を問いかけていた同行者が、感に堪えないように言う。

あらかじめ決められた「分科会」にそれぞれに一人ずつ参加する彼らと別に、酉埜森夫は三十以上あるそれらシンポジウムの会場を隈なく回った。「地球化《グローバリゼーション》」という言葉が濫用され「国際基金」援助を施す際の対象国の現状が論議される。シンポジウムの発言者のみならず聴衆もほぼ例外なく手にしている黒表紙の分厚いファイルがあって、酉埜が尋ねると、隣席のアジア系女性は〝全世界の民主主義・人権尊重に関する《重力の帝国》UAD基準による等級判定基準表〟なのだと説明した。

夜、会場のホテルにほど近い野原に設営された、サーカスのそれのように巨大な黄色と赤の縞模様の小屋掛けで、大会の参加者によるさまざまな余興が行なわれた。「ピース・テント」と名付けられたそこで、朝方「UADの平和運動」への感嘆を漏らしたH市からの核攻撃生存者は、自作の七言絶句『鎮魂』を詩吟で披露した。彼は家族全員を《重力の帝国》による核攻撃で亡くし、親戚の間を転転としていた少年期、飢えを凌《しの》ぐのに古火鉢で鮒を飼って、折り畳み小刀で刺身に下ろしては食べていたものだという。「寄生虫の心配はなかったんですか?」「いや、腹が空いて腹が空いて、とてもそこまでは気が回らんじゃった」一人娘は結婚し、先年、妻に先立たれてからは、自炊で〝一日三十品目〟の摂取を墨守していると言って、「いいですかな?」と、おもむろに献立を説明してみせる——。老人というには、まだ少し間のあるこの人物が、西埜は次第に好きになっていた。

彼の詩吟に続いて、西埜自身は車輪付きのケースでイムペリーオ・ヤマトから運んできたチェロを弾いた。H市・N市への核攻撃、そして南太平洋での核実験を契機として作られた歌曲を。広大な草原には、夥しい螢が発光器に檸檬《レモン》色の灯を点し、飛び交っている。

UAD到着後、初めての休日——。西埜森夫はボブから愛用のカヌーを借り出し、夫妻の住まいのロッヂの裏手を流れる、原住民族が〝牡牛の走る川〟と名づけた清流に浮かべた。名前とはうらはらの穏やかな流れの、わけても美しい一キロほどの区間を、何回か、一人で上り下りする。

午睡から醒めた現地委員会・幹部夫妻は、西埜を市街に伴った。「公民権運動」を指導し暗殺された偉人を記念する図書館の地下で進む、今回、同行の核攻撃生存者たちと携えてきた『原爆と人間』写真パネルの最初の展示会場の設営を手伝うためだった。

建物入口の警備員も大型拳銃を所持している。西埜が確認すると、ボブは民間警備会社のガードマンだと答えた後、わざわざその黒人のところへ「ヤマトから来た友だちが、UADは民間の警備員まで銃を持ってるのか、って驚いてるぞ」と教えに行った。相手は憮然として両手を拡げる。

空港はもとより、到るところに銃を携えた人びとの姿があった。セミオートとフルオートの切り替え機能の付いた火器が少なくない。「俺は銃が嫌いだ」ボブは吐き捨てるように言った。

写真展の設営会場で一緒に作業したのは、長身の黒人青年だった。好人物だったが、西埜のカメラに目を留めると、釘を一本打つたび、パネル一枚を取り付けるたび、動かなくなるのだ。それが彼なりにポーズを決めた所作で、西埜に撮影を要求しているのだと判るまで、少し時間がかかった。

帰路、車がとある煉瓦造りのビルに差しかかると、ボブが「恐ろしい……」と皮肉な呟きを漏らす。さほど巨大な建物ではないそこがＵＡＤ連邦捜査局本部で、内部では毎日、拳銃や機関銃の試射をしてみせる観光客向けのショウが行なわれているらしい。

しかし核攻撃生存者たちと、苦労して大量の写真パネルを携えてきた『原爆と人間』展の開幕日のセレモニーは、繰り返し案内を出したにもかかわらず報道機関の反応が鈍く、取材に来たのは地元ラジオ局など、ほんの一、二社だけだった。とくに首都にＵＡＤ支局を置くイムペリーオ・ヤマトのマスメディアの冷淡さは凄まじく、ボブはひどく憤慨する。西埜は《重力の帝国》全土をネットしていると聞くラジオ局のインタヴューを受けたが、放送されるかどうかは分からなかった。

散会後、参集者のなかに一人、白杖を突いた大柄の白人男性を見出した西埜森夫はその人物に近づき、手を差し出した。《重力の帝国》に到着した最初の日、自宅へと向かう車中で、ボブとキャサリンからその名を耳にしていたから。

「……《魂《ソウル》の証明《プルーフ》の歩行者《ウォーカー》》ジョージですね？」

十年前、ＵＡＤ南部で人種差別反対闘争に参加していたさなか、白人至上主義の秘密結社ＱＱに拉致され、石礫《いしつぶて》で両手を潰《つぶ》されて、左手は指が二本まで失われた上、その傷から侵入したバクテリアに視神経を冒された結果、失明したという人――。分厚い全身で覆いかぶさるような握手で応えてきた相手と話すうち、その《魂の証明の歩行者》は、西埜と同年生まれであることが判った。

日曜日。四人の同行メンバーと共に赴いた地域の《神秘顕正》派教会の早朝礼拝では、開会前、ボブからの説明を聞き、目に涙を浮かべ、ハンカチを握りしめていた〝敬虔な信者〟百名ほどの多くが、核攻撃生存者の証言を聴いてからは表情を強《こわ》ばらせ押し黙って、刺すような眼差しを西埜らに向けるのだった。終了後、出口で見送りながらパンフレットを手渡そうとする一行の手を払いのけ、立ち去る者もいるありさまに、四人のなかで一人だけUADでの生活経験を持ち、当初《重力の帝国》市民社会への親近感を口にしていたH市からの女性は烈しい衝撃を受けた様子で、数時間、言葉を発することができなくなった。集《つど》った信者たちに、彼女は核攻撃当時、中学生だった兄が、溶けかかった弁当箱だけを形見として、一瞬にして「消滅」したことを伝えたのだったが。

宵、四人と別れた後、西埜森夫はボブとキャサリンに、地元の老舗だというP河畔の川蟹料理店へ案内された。日曜夕方の家族連れでごった返す店のテラスから、黄昏《たそがれ》のP河の大洋のような漣《さざなみ》の寄せる、暮れなずむ河面を眺めながら、西埜は朝の出来事に同行者らが受けた衝撃を伝えた。

「まあ、後ろめたいからそういう反応をするんだろう。責任を感じるだけ、見込みがあるじゃないか」

ボブは、その美味を事前に力説していた、地域の名物の純正《ジェヌイン》〝青蟹蛋糕《ブルークラブケーキ》〟を切り分けるナイフとフォークを止め、しばし考え込んでから続ける。

「俺が被爆者に興味を持つのは、彼らが核戦争の体験者だからだ」

――だが、以後いくつかの場で、酉埜たち五人は、同様か、さらに直截《ちょくせつ》の反撥《はんぱつ》に遭遇した。

翌翌日。「素晴らしい映画が封切られているから」とのボブの誘いで、キャサリンと共に酉埜森夫が向かったのは、郊外の巨大なショッピングモールだった。そこに二十四軒が入っているという映画館の一つで上映されているのは〝当代随一〟の娯楽映画監督S・Sの新作だった。

冒頭から、第二次世界大戦での《重力の帝国》軍のヨーロッパ上陸作戦の凄惨きわまりない戦闘描写がえんえんと続く。特殊撮影と最新音響システムを駆使してのそれに、満場の観客たちの間から、どんどん暴力と国家主義への陶酔が醸成されてゆく気配が伝わってくる。

席を埋め尽くしたのがほぼすべて白人だったのは偶然かもしれない。だが映画が終わり、場内が明るくなったとき、酉埜の姿に気づいた観客たちの少なからぬ部分から一斉に注がれた、敵意に満ちた視線は何だろう。カーテンが引かれてゆくスクリーンに向かい、直立不動で敬礼する初老の白人男性もいる。もとよりこの種の「仮想現実」に関しては、すでにその五年以上前にさらに作り込んだ小説を発表している酉埜森夫が、いまさら驚くものはない。帰路の車中で、酉埜はボブに伝えた。

「あれを〝反戦映画〟だと、あなたの言う意味が解らない」

「どうしてだ?」憤然とした面持ちで聞き返す、少し年長の平和活動家に、酉埜は答えた。

「あの作品を観るＵＡＤ人の多くは、欧州でさえあんなに犠牲が出たのだから、イムペリーオ・ヤマト〝本土上陸作戦〟をしていたらどうなったかと思うだろう。ならば〝それをせずに済んだ〟と称される原爆投下を、改めて正当化するのではないか。全篇を貫く国家主義の鼓吹にもぞっとする」

「モリオはそう言うが、UADの他の映画は、もっと暴力的で国粋主義的だ。あれはましなんだ」

その日、西埜森夫は、ボブとキャサリンのロッヂでの滞在日程が終わった前日から、やはり単身、世話になっている、プラグマティズム哲学の大学教授が独居する高級アパートメントを出発した。地下鉄とバスを乗り継ぎ、首都・特別行政区の一角へと赴く。H市への核攻撃五十周年を〝記念〟して、核爆弾を投下した戦略爆撃機、超〝空の要塞〟の実物から切り取った機種が麗麗しく展示された施設――そして当時の館長だった天体物理学者が、せめてもの「公正」を期すべく、核攻撃を受けた側の被害のごく一部をも併せて公開しようと企てただけで辞任に追い込まれた、UAD国立航空宇宙博物館へ。西埜は前前年、イムペリーオ・ヤマトを訪れたこの前館長と、話す機会があった。

だが、これをしも「航空宇宙博物館」というのか。H市に核爆弾を投下した爆撃照準器の実物は依然として特別な展示室に鎮座しており、湾岸攻撃にも繰り返し用いられ、多数の市民を殺傷した巡航ミサイルが、鉤十字第三帝国が開発した初期戦略ロケットと並べて展示され〝技術の進歩〟が自讃される――。アジア太平洋戦争の実写映像が映される大スクリーンで、UAD機動部隊の対空砲火にヤマト軍機が撃墜されるたび「オーウ!」と青年男女や親子連れが拍手喝采する。

〈まさしく「軍事博物館」ないしは「兵器の見本市」そのものではないか……〉

西埜森夫は脣《くちびる》を固く結んで、広大な館内を足早に歩き回った。

ようやく日が傾いてきた首都特別行政区公園のかなた、記念堂の円柱の奥に腰掛ける《重力の帝国》第十六代大統領の巨大な像がライトアップされだす。思い思いに座り込む二百名ほどの人びとをまえに、西埜森夫は話していた。時差の関係から、UAD東部時間の日付では前日の夜——午後七時十五分となるH市への核爆弾投下時刻の黙禱の後に始まった《Hの日》の〝草上集会《グラスミーティング》〟だった。

「……自らが《H》と《N》に惹き起こした事実から世界の耳目を逸らすため、超大国が核の時代を開いたことの言い訳として、イムペリーオ・ヤマトによるアジア・太平洋地域の死者の問題が利用されてしまうなら、アジアの死者たちは、二度も三度も、百回も千回も、殺され直すことになるでしょう。そしてイムペリーオ・ヤマトの暴力から救われたはずのアジア・太平洋地域を含む世界のあらゆる民衆は、逆に一九四五年八月六日を境に、UADをはじめとする超大国の核兵器による牢獄のなかに閉じ込められてしまったのです」

西埜の持ち時間は五分だった。左に初代大統領記念碑を隔てて連邦議事堂、背後に大統領公邸《白い館》を控えた《重力の帝国》の政治中枢ともいうべき地で、予定の時間を一秒も違わず西埜が語り了えると、不自由な脚で近づいたキャサリンが目に涙を浮かべ「Beautiful！」と抱擁《ハグ》してきた。


　首都の地下鉄駅が、いずれも異様に地中深く位置しているのは、当然、なんらかの軍事的機能と密接に結びついているのだろう。それらを乗り継いで向かった《平和戦略研究所》なる〝シンクタンク〟は、肥大の一途をたどるUADの軍事予算の削減を主題としているようだ。

「私たちは《五稜砦《ペンタゴン》》とは不仲です」副所長という、六十代ほどの白人男性はそう誇らしげに語り、国防総省からの〝独立性〟を強調する。「平和が第一ですよ。いま貴国イムペリーオ・ヤマト周辺に、差し迫った脅威はないし、独自の軍事力も要らない。駐留UAD軍だけで十分です」

「では、両国の軍事同盟は必要だということですか？」

西埜のこの問いに相手が見せた表情ほど、自らの世界の自明の前提に人が疑義を呈されたときの驚愕と困惑と不快と軽侮が渾然一体となったそれに、西埜自身、出くわしたことはなかった。

「《Hの日》の、君のスピーチは良かったじゃないか」

その夜、寄寓先の大学教授スティーヴは、寝酒《ナイトキャップ》を傾けながら、自分も居合わせた、前前日の〝草上集会〟の感想を西埜に伝えた。鬣《たてがみ》のような銀髪に鳶《とび》色の鬚《あごひげ》をたくわえた六十近いプラグマティズム哲学者は、現場活動家らしいボブとは異なる、いかにも知識人然とした雰囲気を漂わせている。

西埜森夫はこのかんの出来事、そして昼間の《平和戦略研究所》の一件を話した。

「それがUAD人というものさ。私に言わせればね――」相手は事もなげに応じて、西埜のグラスにブランデーを注ぎ足す。「明日は《Nの日》だったね。私も《白い館》前へ行くよ」

寝酒の礼を言って席を立ち、バスルームで歯を磨いていた西埜森夫は、不意に横あいに気配を感じた。目をやると、入口に佇んだスティーヴが、このかん一度も見せたことのない、親密で優しげな表情を浮かべ、西埜に求愛の意思を示すのだった。西埜が、自分は彼の好意には応えられない旨を鄭重に告げると、相手は静かに頷き、お休みの挨拶をして自室に引き取った。

《白い館》は、ボブとキャサリン、ジョージ、スティーヴ……そして西埜森夫の一行ら、百人ほどが、おのおの手にする紙コップの蠟燭の光に照らされ、静まっていた。ここまで来る前、近くの教会で行なわれた追悼集会が長引き、N市へのプルトニウム爆弾投下時刻に当たるUAD東部時間の午後十時二分には、厳密にいうと少し遅れての——《重力の帝国》大統領公邸到着だった。

視認できる範囲に警備の姿が見えない。まして阻止線も張られないまま、大統領公邸前でこうした抗議集会を持てることは、西埜の国では考えられない光景だった。きょうは白杖だけでなく、自らの身長以上の巨大な鋼鉄製の《平和標識》を抱えたジョージが、低く歌い出す。それはイムペリーオ・ヤマトの名高い平和運動歌に、UADの伝説的な反戦歌手が英訳詞を付した曲だった。

西埜森夫は車輪付きのケースからチェロを取り出し、それに控えめな助奏《オブリガート》をまとわせた。盲目の《魂の証明の歩行者》の歌声は、《重力の帝国》大統領公邸前の夜闇のなかを天に上ってゆく。

ここに着く前、ボブを通して、西埜森夫は今回の「平和遊説」の公式日程が終了したらしいことを知らされていた。それならば帰国までの数日は、UADの誇る《世界中心都市》へと足を伸ばし、過ごすこととしよう。すでにこの半月間で、したたか疲労しきってはいたものの。

……明らかに、イムペリーオ・ヤマトとは隔絶した〝自由〟と〝民主主義〟が、UADには確かに存在していた。だが一方で同時に、その一種鷹揚な寛容さの底には、硬く冷たい、金属質の、あたかも少なからぬ彼らが腰に提げた皮革製のホルスターに収まる銃器の表面の鈍い光沢のようなものが息づいている感覚があった。そして彼らが親しげに提示する「寛容」のコードを、もしも何らかの形で破ったとき——《重力の帝国》が、果たしてどのような相貌を露わにするか。

それは推測できるようでもあり、また、いかなる想像をも絶したものであるような気もした。

第八話　人権の彼方へ

——二〇〇八年『世界人権複式化宣言』制定会議基調報告

……ただいま、手羽元十郎慶家《てばもとじゅうろうよしいえ》先生から御紹介にあずかりました、青蝿肺魚海牛《あおばえはいぎょうみうし》でございます。今般の全体会議で座長を務めさせていただいております。N国は古都キオートにございます《精神の大空位》大学にて、過去二十年余り、社会倫理学の教鞭を執《と》って参りました。（拍手）

本日、皆様と、所もここ《奥斯威辛大飯店《アウシュヴィッツホテル》》にて拝顔の栄に浴し、あまつさえ歴史に残るべき『世界人権複式化宣言』起草に関わる重要討議の劈頭《へきとう》、現代世界「人権」の終焉についての管見を申し述べさせていただく機会を得ましたことは、私の深く欣《よろこ》びとするところであります。

御承知のとおり、いま私どもが一堂に会しております、ここ——かつて鉤十字第三帝国による「絶滅収容所」の代名詞となりましたオシフィエンツィム絶滅収容所の地下五百メートルに造営されました《奥斯威辛大飯店》は、ほかでもありません——ちょうど十年前、〝もはや世界からは、ついにいかなる差別も不平等もなくなり、歴史の完成が宣言された前世紀末、強制収容所跡の旧ガス室の地下に建設された大観光ホテルで《全世界被差別者会議》の「解散式」を執り行なうことを目的とする人類初の一大シンポジウム［註1］の会場となった〃その当の施設でありました。会議場も同じ、この地下大ホールであります。
そこでいま、この二〇〇八年の匂やかな初夏、ついに「人権」――ひいては「人間」という概念の組み換えと消滅をめぐっての論議が持たれることには、一種運命的な符合をすら感ぜざるを得ません。（拍手）……ありがとうございます。

［註1］酉埜森夫『ホテル・アウシュヴィッツ――世界と人間の現在に関する七篇の物語』（一九九八年／羊雲書房刊）。

さて、そもそも「人権」が歴史的にも、本来均一、一様な概念でなどなかったことは、いまさら言を俟《ま》ちますまい。私どもが深くその恩恵に浴し、また今後とも謝意を表しつづけるべき、偉大な〃ポストモダン〃――人間分別化の鼻祖《びそ》たる二十世紀後半西欧の思索者たちは、深くその一点に思いを致し、「近代」を覆いつづけた「人権」一元主義の迷妄・誤謬《ごびゅう》の雲霧の払拭に、その思想家としての営為の大半を捧げたのだと申しましても、なんら過言ではありません。
それに際し、まず何より重要なのは「人権」の適用範囲に関する厳密な判定であります。我田引水の誹《そし》りは覚悟の上で、私の専門領域に話を導かせていただけば――御存知かもしれませんが、元来〃「人権」が七つの範疇を持つか、十二の範疇に分かれるか〃は、前世紀初頭以降、つとに「現代哲学」の重大な課題でございました。しかしながら、範疇の数や形式はともあれ、「人権」そのものが生物学的な意味でのヒト一般に、無条件に適用され得るものでないことは、いまや、すでに最低限の共通理解となりつつあると言って差し支えありますまい。

この柔軟な――一昔前風に申さば〝軽やかな〟二重基準・三重基準・四重基準……n重基準もまた、現代人権論の顕著な特徴でありますことは、このあと、第八分科会で発表される《魂の戒厳令》大学の西東南北《さいとうなんぼく》先生（社会学）の御研究にも、つとに詳《つまび》らかなところでございます。

はてさて、近代の総決算とも称すべき『世界人権複式化宣言』の起草・検討・採択・制定という、かかる根源的な課題に対し、我われの知性の鼎《かなえ》の軽重が問われようとしている折りも折り、まさにそれ――現代人権論の帰趨《きすう》を卜《ぼく》するとも言い得る、格好の案件が出来《しゅったい》いたしました。さよう、今般、焦眉の急となっておりますのは、《黄紅《ホワンフォン》》の保護領《醋脳蒼別骨灰吐《さくのうそうべつこっぱいど》》地区におきましての「人権」抑圧問題でございます。周知のように、この問題を国際的な場でもっぱら先頭に立って提唱しつづけて参りましたのは、《重力の帝国》UAD（ウソーノ・アヴィーダ・ディカインテスト）――〝貪婪な大腸〟合衆国［註2］でございました。

念のため、UADに関しましては、いくつかの事情から、私と致しましてはその正式な国名を呼ぶを憚《はばか》る部分があり、とくにこの基調報告におきましては、便宜的に《重力の帝国》の雅号を以ちまして、かの人類史上最強の超大国を指し示す場合がありますこと、あらかじめお断り申し上げておきます。《重力の帝国》――これは後述いたす機会もあるかと存じますが、《禁作家》西埜森夫によるる定義でございまして……ちなみに、この報告の劈頭《へきとう》、私は不用意にもN国の名を口にしてしまいましたものの、これもまた、西埜森夫の顰《ひそ》みに倣《なら》うなら——その国号は、イムペリーオ・ヤマト［註3］となるわけでございます。もちろん、英明な皆様におかれましては、その由来はいまさら申し上げるまでもありますまい。

［註2］西埜森夫『極光年代記』第一章〜第三章にて初出（季刊「世界変革」創刊号〜第七号連載＝一九九九年〜二〇〇一年／極光独立工房発行）。

［註3］［註2］に同じ。

他し事《あだごと》はさて措き《お》、かつての国号《サンゴヴァーロ Sangovalo》——現代語に訳さば「血の谷」もしくは「痂《かさぶた》の峪間《たにま》」とでもなりますか——それが前世紀中葉の《黄紅》による、《サンゴヴァーロ》旧支配層にとってみれば「軍事侵略」、また《黄紅》側からするなら「武力解放」を受けて《醋脳蒼別骨灰吐》保護領となって以降、かの地が現在世界における「人権」問題の最喫緊の現場であることは、誰もが認める事実であります。

実は、かの「大革命」を経験した投槍国《フランカ》と、地中海対岸の大陸の、その旧植民地領たる諸地域との現在の関係もこの例に漏れませんが、〃普遍的〃な近代「人権」概念と、時として近代「人権」概念とは相容れない〃民族固有〃の「伝統」との対立は、御承知のとおり、しばしば容易ならざる緊張を招きます。しかしながら《醋脳蒼別骨灰吐》保護領問題の不幸な特殊性は、くだんの〃民族固有〃の「伝統」が、あまりに彼地の民衆に対して直截《ちょくせつ》に抑圧的だったことに加え、むろん決して「民主的」とは言えない側面を否定し難く抱え持つ《黄紅》を牽制しての、たとえば《重力の帝国》UAD――〝貪婪な大腸〟合衆国の過剰な介入が、身も蓋もない露骨な戦略性を帯びすぎている事情にあるようです。この点、盾措凰傑《じゅんそほうけつ》ら《醋脳蒼別骨灰吐》自前の優れた麺パン主義［註4］革命家の、本来、穏便妥当至極な民族主義までもが、忌憚なく言って問題の混乱の図式のうちに引き裂かれている印象を私は受けますが……現代中央アジア史の門外漢としては、これ以上、僭越な容喙《ようかい》は慎しむべきかとも存じます。

［註4］西埜森夫『旅人連邦共和国旅行記』上下巻（一九八四年／青樫書院刊）。

けれど、たとい《黄紅》の介入以前の《醋脳蒼別骨灰吐》――《サンゴヴァーロ》がいかなる国であったろうとも……十数世紀に及んで「宗教農奴制」の支配が続き、平均寿命は三十代の半ば、識字率は五パーセントにも満たず、原始仏教神秘主義の迷妄の霧に深く閉ざされ、支配層の僧侶や領主らは農奴を牛馬以下に扱い、年貢を滞納すれば踵《かかと》に穿《うが》った穴に鎖を通して骨が腐るまで繋ぎ、逃亡を企てれば四肢の腱を切断し、両眼を抉《えぐ》り、上下一切の歯を抜き、死しては遺骸を野犬に喰らわせ、鳥どもに啄《つい》ばませ、人を、犬の黝《あおぐろ》い大腸にたんまり詰まった糞便、空から垂らされる水便の滴とし、喰い散らかされた骨を乾かしては妙なる音色を奏でる法器を製造し、それらを麗麗しく、かつ陰陰滅滅とユニゾンで吹奏し、その音を痂色の荒れた峪間の一襞《ひだ》一襞にまで、ぶぉーぶぉーぶぉーぶぉーと谺《こだま》させ、肌粟粒《あわつぶ》立つ恐怖による支配と、陰惨極まりない諦めの相互監視をユーラシア大陸の最奥の高地の窪み、まさしく生乾きの痂を引き剝がされた淋巴液満ち溢るる傷口のごとき一帯に打ち樹《た》てようとも……それら圧倒的「人権」抑圧の諸段階は、まったく一顧だにされることがない。いっさいの「前史」――歴史的脈絡が捨象されてから始められるというのが、いかさま、今様「人権」論の何よりの要諦なのであります。そして――それが、どうしたというのでありましょうや！

なるほど？　……私の提示する彼地についての素描は、ある種の偏見の濁りを帯びておりますでしょうか？

何しろ、有り体に申せば、私が《醋脳蒼別骨灰吐》保護領の状況につきまして、およそ四十年以上前、最初に知見を得ましたのは、皮肉にも《黄紅》の〝ごりごり〟のプロパガンダ映画を通じてなのでありましたが（笑い）……くだんの宗教農奴制の主宰者封建教主が、いまや〝亡命政府〟の指導者兼金ぴかの「人権」セールスマンとしてさまざまな策動を繰り返す一方、二十世紀を貫いて世界の緊張的均衡を司《つかさど》る一方の雄として君臨して参りました《木炭組合主義共和国連邦》（ウニーオ・デ・レスプブリーコイ・デ・リグノカルボ・スィンディカート）が、内外の諸勢力の周到極まりないプログラムに則《のっと》って「崩壊」を来《きた》しました後（……そもそもこれ自体が、同語反復的かつ自己言及的に言えば〝貪婪な大腸〟合衆国の底知れぬ策謀力を示唆しているわけでもありますが）――二十一世紀がとりもなおさず両者の覇権主義の衝突の不可避となる世紀であろうと予想される、その《黄紅》と〝貪婪な大腸〟合衆国との対立の、容易ならざる焦点の一つとなって、《醋脳蒼別骨灰吐》保護領の「人権」案件は〝貪婪な大腸〟合衆国により、いかようにも「利用」されている次第であります。

が、しかしこの「勝負」は、その帰趨があまりにも明明白白でもあります。何よりの証左は、地球のほぼ真裏に位置する《酷脳蒼別骨灰吐》保護領の「人権」問題が、すでに〝貪婪な大腸〟合衆国によって、《黄紅》に対する国際輿論《よろん》の重層的かつ熾烈な集中攻撃を組織しているという一事それ自体によっても、すでに明らかであるものの、しかしそればかりでもありません。

私は世界各地を旅するそのつど、しばしば訪問先の国の軍港を散策することを好むのですが（もちろん当局の許す範囲で、です）、かつて、さる年の晩春の夕暮れ近く、地中海のとある一港湾都市で目にした〝貪婪な大腸〟合衆国第六艦隊の一隻の原子力航空母艦の碇泊する姿に、人類の知力・技術力・生産力すべての結集を見る思いが致し、しばし陶然となった経験がございました。

ああ、原子力空母——。ああ！　その内奥深く、複数基の原子炉を有し、そう意思すれば、世界を滅ぼすことも不可能ならざる規模の核ミサイル・核爆弾・核砲弾・核魚雷・核爆雷・核機雷・核地雷を搭載し、夥しい超音速ジェット戦闘機・爆撃機の群れを甲板上に優雅に憩わせた、そのカーバイド色の魁偉にして清冽なたたずまいに——。ああ！

むろん、その艦体の内部には、直接には戦闘の恐怖を忘れさせるため、殺戮への抵抗感を削ぐため——人間の築き上げた最大級の飽食、最大級の放恣、最大級の貪慾、最大級の悦楽もまた、壮麗なホテルのごとく、もしくはきらびやかな都のごとく、装置されていたことでありましょう。軍事力に人間のすべてを賭けるという情熱がもたらした、なんという豪奢。なんという栄耀《えよう》……。

ですが、またしかし、それればかりでもありません。

かつての私どもの国に対し断行された、有無を言わさぬ熱核兵器の使用――。それに勝るとも劣らぬ効果を発揮しつづけております、東アジア各地域に向けての気象兵器・地震兵器の実戦的使用は、どうでしょうか？

世界のすべての国家と地域の通貨を〝本物以上に精巧に〟（笑い）偽造し得、あえて偽造しようとしないのは、ただ、すでに完全に自らに服従している属国か、もしくは服従させるにすら値しない泡沫的な弱小国であるからだけだと当該機関が豪語する技術力に裏打ちされた、行くとして可ならざるはないインフレーション操作は？

この地球上に飛び交う全電子メイル、インターネット・アクセスの九八・五パーセントまでを瞬時に捕捉・盗聴・傍受し、その内容解析を基に、当該国の政策から経済動向、青少年の消費志向までを把握し、必要とあらばさまざまな位相での「侵略」プログラムを策定すると聞く情報蒐集力は？

世界のあらゆる人種のDNAを完璧に複製可能の状態で確保し、人類がいまだ治療法を持たない致死的疾患のウイルス数十種類をそれぞれつねに三億人分の致死量、冷凍保存し、世界のすべての国の政治指導者の「不倫」の情交ヴィデオ映像をもストックしているとされる、その〝ハイパー武器倉〟の存在は？

あろうことか、恥知らずにも自然・食物・生命に対し主張される、〝知的特許権〟とうそぶく、いわば笑止千万な幼児的傲慢さにも充ち満ちた要求によって、地上のすべての農業従事者をそれこそ封建制下の農奴へと引き戻す、〝貪婪な大腸〟合衆国政府との「連星」的機関ともいうべき穀物メジャー・種子企業の底知れぬ非道は？　……むろん、このとき司法は国内的にも国際的にも〝貪婪な大賜〞合衆国と「連星」企業との下僕でしかなく、国際人権裁判所すらまた、自家採種の種子を守ろうとする一人の篤農家に仕組まれた遺伝子組み換え種子の〝知的特許権〟侵害の汚名の罠の片棒を担ぎ、彼と彼の三親等までの家族全員とが、千回、生まれ変わって自殺・心中したところで、その保険金でも払い切れぬ額の、それら〝ナショナル企業〟もしくは多国籍企業による損害賠償請求を認め、この地上からすべての抵抗の萌芽を掃討しようとすることでしょう。

そう、いまや到来した、世界中が新しい農奴と都市奴隷とで埋め尽くされようとしている状況を、かつていち早く予見した《禁作家》西埜森夫はいみじくも「新しい中世」と喝破しましたが［註5］、まさしく、それら複合的・綜合的軍事力、国家力による重層的・構造的な侵襲と簒奪《さんだつ》とが、すなわち〝貪婪な大賜〟合衆国の絶え間ない勝利を保障し、物心両面に及ぶ恐怖政治による支配は、この人類史上最強の超大国に抗《あらが》い、刃向かおうとする、いっさいの者たちの魂をも完膚なきまでに叩きのめしてきたのです。

——新しいローマ帝国は、いま、さらに形を変えて、UAD〝貪婪な大賜〟合衆国の背後に黒ぐろと聳立《しょうりつ》しています。当然でしょう。世界とは、すなわち《重力の帝国》の謂《い》いなのですから。すべては、その領土と植民地とにすぎぬのですから。

［註5］西埜森夫『資本主義的中世』（一九九四年／湖沼書肆《しょし》刊）。初出は「新しい中世の始まりにあたって」として月刊「新世界手帖」（同前、発行）一九九二年四月号〜十二月号。

ここに、私は……〝貪婪な大腸〞合衆国の現在に、私どもの目指すべき新しい「人権」のありよう、「人権」の二重基準のこの上なく周到な姿を見出します。なかんずく《醋脳蒼別骨灰吐》保護領の「人権」問題もまた、武器であると同時に、かつ戦果でもあり——戦果がまた、新たな武器と、さらには戦機とを（それも、必勝の戦機とを）もたらすという螺旋《らせん》構造の一つにほかなりません。

原因が先か、結果が先か……いや、間違えました。いずれが原因であり、また、いずれが結果なのか——。ともあれ現代「人権」論の見直しの可能性の鉱脈は、〝貪婪な大腸〞合衆国の企て、企む容赦ない志向のなかに横たわっているとも言えましょう。

自らが一方的に「敵」と規定した、例外なく相対的には明らかな弱者から、植生・土壌・水はおろか、空気・酸素に至るまでをも奪い、それら「敵」を、窒息状態の焦熱地獄のなかで骨をも残さず平然と焼き殺すことのできる精神。古代《黄紅》やイムペリーオ・ヤマト「戦国時代」の文献類にのみ伝わる類の酸鼻《さんび》極まりない刑罰との相違は、ただその〝近代性〞と〝科学性〞、そして〝体系性〞ばかりであるかのごとき、徹底した無差別大量殺戮。第二次世界大戦末期の熱核兵器の実戦使用以来の——換言するなら非核戦争下・「通常戦争」下での最大最悪の仮借なき武器使用。

そもそも先の種子企業など、本来なら生態系を破壊し、ダイオキシンを撒《ま》き散らし、往時の越南全土の民衆と、それに続く世代にあまねく飢餓と不可逆的な健康被害をもたらした「枯葉剤」に関与しただけでもその責任は永遠に許されることなく糾問されて然るべきでしょうに。あくまでも、本来なら——。

〝こんなことをする「権利」が、どこにあるのか？〞

〝こんなひどいことを――人が人に！〟

ない。むろん、あるはずなど、ありません。

いい。絶対にない。そんな権利は。苟《いやしく》も、相手がい、い、い、い、
ない。

――実は相手が、生物一般だとしても――もしかしたら無生物の単なる「自然」だとしても、それはないかもしれないのですが、ともかく、少なくとも人間を相手として……。

そして、しかしここで満を持したかのように〝伝家の宝刀〟――「人権」概念のコペルニクス的転換ともいうべき、劃期的な大業《おおわざ》が繰り出される時が訪れます。

ここで《重力の帝国》UADが考えたのが、〝相手は人間ではない。だから相手には「人権」はない〟――という、単純かつ明快な論理でした。ここにおいて、その瞬間から「人権」の恣意的認定と適用基準の液状化的腐蝕が始まるのです。

おそらくは、地理的・歴史的に分布する肉食習慣もまた、その根底にあるのでしょう。〝守るべき鯨〟と〝屠《ほふ》るべき牛〟との二重基準は、帰順した南高麗《コリョ》人と抵抗する北高麗人とのあいだに（うわべだけ）設定された「人権」の二重基準、やはり帰順した南越南人と抵抗する北越南人とのあいだに（やはり、うわべだけ）設定された「人権」の二重基準（なぜなら《重力の帝国》は、ほんとうは南高麗人や南越南人の「人権」など、最初から最後まで歯牙にもかけてはいなかったから）にも、はなはだ鮮やかに投影され、成立しています。

余談ですが、かくのごとき肉食性の二重基準は、別に「乳卵菜食主義者＝ラクト・オヴォ・ヴェジタリアン Lakto-Ovo-Vegitarian」とて、例外ではありません。そもそも雌牛が乳を分泌し得る状

況を常態とするため、すなわち恒常的に妊娠・出産を繰り返させるため、雌牛を雄牛に強姦させ、もしくは雄牛の精液を満たした灌腸器で雌牛を代理的に強姦し、さらに搾乳量を増やすべくホルモン剤を注射し、慢性乳腺炎を起こした乳房から搾《しぼ》り取った血膿混じりの乳を飲んで、挙句の果てには乳脂肪の過剰摂取から、ヒトもまた男女を問わず乳癌を発症する——それはそれで一つの悲喜劇とも申せましょうが、いずれにせよ雌牛に「人権」があるとすれば、これはできない。そして北高麗人や北越南人、《黄紅》人やイムペリーオ・ヤマト人もまた、牛と同様「人権」を持たないがために、いかなる行為の対象ともなし得るというわけです。熱核兵器の〝実戦使用〟——都市住民の頭上への投下をはじめ。

敵の「人権」は剝奪する。これは、当然のことです。さもなくば、近代戦などできますまい。そして、敵の敵の「人権」は、擁護する——これもまた、当然の戦術です。あるいは、その敵の敵に、いまだ「人権」がないのなら——造る。造ってやる。でっち上げる。火のないところに煙を立てる……。

また、「人権」はその有効期限、卑俗に申さば賞味期限ともいうべきものをも、同時に抱え持つ場合もございます。早い話、〝旬〟の人権と非〝旬〟の人権とがある。それにより、世界の「人権」分布は、つねに偏倚しておる。《醋脳蒼別骨灰吐》保護領の「人権」問題とは、まさにこれであります。踵に穴を穿ち、両眼を刳《く》り貫《ぬ》き、人を牛馬以下の扱いにしてきた宗教農奴制下といえども、「人権」はあった。あたかも〝天賦〟のそれのように……市民革命後の「近代」西欧社会のように。

奇《く》しくも《重力の帝国》にとって、いまや最大の主敵となった《黄紅》の建国の厳父たる革命家は、かつて喝破致しました。「無いものは、造る」、矛盾はすべての変革の礎《いしずえ》だからして「矛盾がなければ、矛盾を造る」――同様に「人権がなければ、人権は造る」、これであります。これで良いのでありますか。(笑い)あとから造られた人権は、先行する人権を相対化する、これもまた必須の原理でして。言うではありませんか――〝悪「人権」は良「人権」を駆逐する〟と。

その意味で、実は《醋脳蒼別骨灰吐》保護領問題の重大な本質的不幸の一つは、《重力の帝国》による策動があまりに凄まじいところから、逆に《黄紅》の採りつづけている強硬手段が、真に厳密に検証・批判される回路をも閉ざしてしまっていることでもあるのですが……現状、《重力の帝国》に事態の主導権がすべて集中している以上、事態をそこまで追究する作業をほとんど不可能としております。

――付言いたしますと、《禁作家》西埜森夫は、このかんの事情を短篇小説『口実人権』のなかで指摘しましたが――むろん、それも商業主義を偽りの論拠とした形で「禁書」とされておることは言うまでもありません。

かくして、すべての兵備は整いました。包囲網は、虱《しらみ》の這い出る好きもないほど完成致しました。十七年前、さらには五年前の湾岸地域への侵攻にも増して、「開戦」の瞬間、すでに勝敗は決しているという、かつての鉤十字第三帝国の「電撃作戦」をも凌駕する、神の如き迅速な攻撃……。彼らの敵に、いかなる「勝ち目」がありましょうや? ひとたび、彼らから――《重力の帝国》

UADから「敵」と規定された者どもになど、もはや、生き延びる術はないのであります。すでに、机上の電子演算の段階で、勝敗は完全に決しているのであります！

そして思えば、これは昨日きょう、降って湧いたかのごとく始まった戦略などではございません。〝貪婪な大腸〟合衆国が――《重力の帝国》が、現実に生き呼吸している数十万の一般市民の頭上に熱核爆弾を炸裂させた罪がいまだまったく不問に付されているばかりか、これを「正義」の顕現と居直って、それに対するいっさいの疑義と批判、指弾と糾問とを封殺して以降……。

第二次大戦後の世界史は、自身、《黄紅》の主要都市への「戦略爆撃」を含む大量虐殺、またそれが〝民族のエートス〟ともいうべき「戦時性暴力」の噴出を繰り返したイムペリーオ・ヤマトのアジア侵略の責任追及の曖昧化と不即不離の関係をもって、《重力の帝国》のさらに大がかりな「戦略爆撃」から、ついには核爆弾投下にいたる罪を不問に付しつづけてきたという、人倫史上最低の六十三年間でもありました。その末に《重力の帝国》の一部〝熱狂的愛国者〟たちや観光事業家らのあいだでは、復元した超〝空の要塞〟爆撃機による《H》への原爆投下作戦再現航路ツアーなる、愚劣の底をも踏み抜いた、おぞましい〝イヴェント〟までが企画されかかるような有り様です。

もっとも、そうした責任の一端は、首都をはじめ、大都市の大半を数十万の生身の人間とともに焼き尽くした《重力の帝国》UAD「戦略爆撃」の立案者に、勲章なるうらぶれた造花のごとき飾り物の愚劣のなかでも最高位の勲章なる、最高に最低の最悪の愚劣なものを、元はといえばその「原因」を作った張本人にほかならず、また明白な共犯者でもある先代《聖上》が、自らの責任には口を拭ってぬけぬけと授与していることにも象徴されるとおり……〝貪婪な大腸〟合衆国の下働きを嬉嬉として務めているイムペリーオ・ヤマト――この、人類史上最も自尊心の退化した属国とその政府にも、当然、帰せらるるべきものではありましょう。

まこと、世界諸地域のなかでも、我らがイムペリーオ・ヤマトの場合ほど、人類の精神史上、卑屈な奴隷根性の国家は、ほかに類例を見ますまい。奴隷ではなく「奴隷根性」であります。「奴隷根性」そのものであります。そして当然、現実の歴史上の奴隷より、骨の髄までの「奴隷根性」の方が何千倍も厄介なものであること、いまさら皆様方には申し上げるまでもありますまい。

それにしても、なんと度し難い、救い難い、馬鹿馬鹿しい国なのでしょう！　そして、自らの手でついに自らを「解放」したことのない、そんな「奴隷根性」そのものの属国でありますからして、今般の《醋脳蒼別骨灰吐》保護領の「人権」問題に際しましても、たとえばその首都「骨牌《カルタ》の谷」の名も知らなければ、第一、くだんの《醋脳蒼別骨灰吐》が世界地図上、地球儀上のどこにあるかを指し示すことすらできぬまま、葱のごとき青洟を垂らしたインターネット上の小僧ども、茶坊主どもの〝言論〟たるや、端《はな》から《黄紅》討つべし、核攻撃も辞すべからず……と、あたかも自らが《重力の帝国》UAD統合参謀本部議長にでも任命されたかのような口吻であるといった次第でありますが――もっとも、そもそも「近代」が、一瞬たりとも、百億分の一秒たりとも存在したことのなかった、私どものこの仮称「N国」こと、その実態たるイムペリーオ・ヤマトにおいて、まるで集団催眠のごとく〝ポスト「近代」〟が平然と語られるという奇観もまた、実のところ笑止の沙汰にほかなりません。その度し難い愚についても《禁作家》は指摘していたことがございましたが

［註6］――そしてイムペリーオ・ヤマトの「平和」には「正義」がないこと、「正義」なき功利主義 utilitarianism のみがイムペリーオ・ヤマトの「平和」であることを指弾してもおりましたが。［註7］

……おっと、いささか先回りをしすぎましたかな。

［註6］西埜森夫『「日本文学」の世界戦へむけて』第二信「『近代』なき国で語られる〝ポスト・モダニズム〟の悲惨と滑稽」（季刊「文藻」一九九四年春季号／羊雲書房発行）

［註7］西埜森夫「『正義』と『平和』――『戦後民主主義』の功利主義的限界を超える、新たな倫理のための一補説 "Justice" and "Peace" ―― One supplementary explanation for new ethics overcoming utilitarian limit of "Postwar-Democracy"」（「友愛舎メディア・コミュニケーション研究」二〇〇五年版／友愛舎大学発行）。

西埜ついでにお話しますと、西埜森夫には、こんな短篇小説がございます。

――イムペリーオ・ヤマトに、ある都市がございましてな。作中では、かつてさる狂信的な国家主義仏教文学者が名づけた「センダード」と申す別称で呼ばれておるのですが、その、とある県都センダードの名物料理に、偶蹄類ウシ目ウシ科の反芻動物の口中に突出した筋肉質の器官のソテーがございます。下世話に申せば「牛タン」ということになりますが……スライスして網焼きした牛の舌を、塩味もしくはイムペリーオ・ヤマト風のソイ・ソースをベースとしたたれで食すわけでございますな。微塵《みじん》に刻んだ葱をまぶした檸檬《レモン》汁などもよく合いまして、なかなか美味でございますが……ただし、基本的にはマクロビアン macrobian で、たしか日常的には玄米菜食を旨としておりますらしい西埜自身は、とりわけ牛肉はいくつかの理由から平素は口にしないと言明しておりましたはずですので、味についての見解までは、その小説には示されておりません。

ともあれ、ここで問題となるのが、一頭の牛からは通常一本の舌しか採れないという厳然たる事実でございまして、しかも〝貪婪な大腸〟合衆国から購入を割り当てられる輸入牛は、牛海綿状脳症の異常プリオンに汚染されておる危険もある。当時〝優良〟とされていたイムペリーオ・ヤマト産の牛でなんとかならないか——。

そこで、主人公である遺伝子学者・黒河乳雄《くろかわちちお》が案出いたしましたのが、舌のみ何本も採ることのできる牛への品種改良ということでして……この研究は比較的短期間に一定の成果を収め、一頭で最大一二八本の舌を持つ牛の改良種誕生を成功させたわけでございます。まさしく、牛タン料理にうってつけの牛ですな。ただ、その一二八本の舌のせいで、頭骨と顎骨とのあいだに大きな懸隔が生じたばかりか、イソギンチャクのごとく叢生《そうせい》した夥しい舌の重量に、当の牛自身が自らの体勢を支え切れなくなり、さまざまな問題も生じたところから、さほど多くの頭数の繁殖には、とりあえず到りませんでしたが——この秘密研究は、思いがけず、新たな余波を招来しました。

ここからが西埜森夫の作品の眼目でございますが、この技術を、より人間的な意義を持つものに〝応用〟できないか？

そこで、牛の舌増産の実験成果をもとに、さらに黒河乳雄らのチームが始めたのが、乳幼児のための移植用臓器が払底している現状の打開でした。

早い話、幼児の臓器が足りない。とりわけ、心臓が足りない。その問題に光明を与えるべく、本来、ヒトには一個ないしは二個までしかない臓器を、受精卵の段階で放射線の大量照射その他により遺伝子操作を加えることで人為的な突然変異を来《きた》させ、先天的に三個、四個と、多重・多臓器の赤ん坊を誕生させるという展開でして……。

もう、お分かりでしょう。《禁作家》西埜森夫のこの短篇小説『臓器畑』にしても、旧来の「人権」という概念の一元性に疑義を持ち込むことなしには成立しえない、ある意味、劃期《かっき》的な人倫の地平を開くものと言えます。もちろん、この『臓器畑』もまた西埜の他の著作と同様――彼自身の言葉によりますれば――イムペリーオ・ヤマトの「夜の見えない政府」［註8］もしくは「幻影の第二政府」［註9］により布告された『精神の戒厳令』［註10］に基づく〝緩やかな、かつ最も徹底した「商業的統制〟により「禁書」とされておりますことは、改めて御説明するまでもございませんでしょうが。

ちなみに『臓器畑』で黒河乳雄は、めでたく平均三個・最大五個の心臓を持って生まれてくる赤ん坊を造り出すことに成功いたします。実験に使われる受精卵の多くは、《重力の帝国》やイムペリーオ・ヤマトではない、《黄紅》だの、さらには東南アジアの〝発展途上国〟から提供を受けたものですが、なかには一部、イムペリーオ・ヤマトの都市下層細民や、地方の破産させられた第一次産業従事者たちの生殖細胞も混ざっているようです。当然でしょう。いまや貧困は国や地域ごとの「縦割り」で区分すれば片がつくといった単純なものではなく、それらの距離はむしろかつてなく縮まり、近似的なものとなり、人びとはむしろ「横」に――限りなく水平方向に向かって「国際カースト」ともいうべき何百階級にも分かれ……しかもそれぞれの帰属し収容された共同体の枠を超えては、終生、絶対に出会えない構造に幽閉されているのですから。

［註8］［註4］に同じ。
［註9］西埜森夫「幻影の第二政府」（月刊「トキーオ放送」一九九二年七月号～九三年五月号／のち『テレビ大戦』として一九九五年、ヤマト出版文化研究所刊）。
［註10］西埜森夫ブログ『肯わぬ者からの手紙』のうち「夜の言葉」。

さて当初、黒河乳雄の考えでは、三個の心臓を携えて生まれた赤ん坊は、二個までを移植用に摘出されても、残りの一個は自前の心臓として残してもらい、それで生きつづけてゆけるという含みを持たされておりました。五個の心臓を携えて生まれた場合は、まあ四個までを……ということに、単純計算としてはなりましょうか。

しかし——お分かりでしょう？　それら赤ん坊の親は、四個の心臓が高値で売れるなら、最後の五個目もそうしない手はないと、ともすれば「病死」を装って最後の心臓も摘出させ、それら多心臓の赤ん坊の多くは生を長らえないこととなります。そこにはむろん、摘出手術にまつわるさまざまな困難や、そもそも先天性多心臓の一個一個が、果たして本来、その臓器に期待される機能を、どの程度まで果たし得るものかという当然の問題も、最初から否定し難くつきまとってはいるのでございますが……。

　ただ、たとえば五個目の――最後の心臓までもが抜き取られるのは、直接には、たいていが〝経済的事情〟に起因する問題であると、酉埜森夫は描写していたように記憶します。もともと酉埜森夫という作家には、家族制度に関する根源的疑義とでも称すべき嗜好がございまして、それを題名にした小説［註11］さえある位ですが、いかにも、これらの登場人物は、つかのま養殖池を遊弋《ゆうよく》する、あの「ペット爬虫類の生き餌」用の金魚のごとき存在ということでありまして、私の読後感と致しましては、それらのなかに〝血縁〟に基づく〝家族愛〟だの何だのがまかり間違ってか、入り込んでくる……と、いまだに思い込むことのできるようなおめでたい人びとに冷水を浴びせかけるものと記憶しております。貧窮した人びと、現代ハイパー資本主義において〝最下層〟に位置づけられた人びとにおいても〝家族愛〟が――支配層のそれらと同様に、なお残存していると思い込んでいる誤解ぶりが、はなはだ滑稽でもあり、またいっそう哀れでもある、と。それどころか、金はなくとも、富はなくとも、財産はなくとも、未来はなくとも、希望すらなくとも――ただ「愛」、「愛」、「愛」……「愛」だけは……（失笑）……「愛」だけはあるのだと、なぜか、さしたる根拠もなく彼ら下層の人びとは考えて参ったわけですが（痙攣するような爆笑）……と・ん・で・も・な・い、誤りであります！　真っ先に、まず「愛」が――彼らからは、なくなるのです。奪われるのです。

　そう、「人権」は現在の世界で、縦にも横にも輪切りにされ、上下左右に分断されております。さながら、かつて口にするのも恥ずかしかった、あの言葉――あの「連帯」のように……（上部消化器系が裏返るような哄笑）……。国家や民族という縦割りで、真に「連帯」すべき者同士の横の繋がりが、ずたずたに寸断されているように。

［註11］西埜森夫『家族・私有財産・国家の廃滅』（二〇〇三年／羊雲書房）。

……失礼いたしました。西埜森夫についての寄り道が、思いのほか、長くなってしまいましたな。いずれにせよ、いまどきこんなことを血迷って口走っているのは、この国にあっては、せいぜい西埜森夫くらいのものだということですが、私が先ほどから何度か口にし、また、たったいまも舌先にのぼせた、その《禁作家》の名はそっくり、ちょうど我がイムペリーオ・ヤマトの赫赫《かっかく》たる第三・第四・第五……第n権力たる、かつ「愚劣の王」たるTVの〝スタジオ・ヴァラエティ〟において発せられる「放送禁止用語」や「訴訟危惧固有名詞」に念入りに、かつ、おちゃらけで被せられるモザイク〝ピー音〟同様、音声にも文字にもなることなく四散し、ここ《奥斯威辛大飯店》の地下大会議場においてすら、世界から結集された叡智そのものともいうべき御歴歴の右のお耳から左のお耳へと流れ込み、流れ出し、雲散霧消してゆくものと心得ます。

ともあれ――もう、お気づきでしょう。私がいま、なぜ、ことさら〝臓器の畑〟となった乳幼児たちの物語について、縷縷《るる》、述べて参ったか。

西埜森夫自身の創作意図については関知致しません。……が、私はここに示唆された「人権」の相対化と液状化、旧弊な「人権」一元主義の見直しにこそ、まさしく現代「人権」論の明日の地平を見るものであります。それを国際政治の場にスライド的に敷衍《ふえん》する（――この言い回しは、私の畏敬してやまない国際法学者・手羽元十郎慶家先生の好まれるそれでもありますが）可能性に、思いを致すものであります。

問題提起を、させていただきます。

『世界人権複式化宣言』の起草にあたり、その前段の手続きとして、私はここにまず「人権国債」human rights funds の概念を提唱するものであります。一言で申さば、とりあえずは各国ごとに、おのおのの国民が、自らの「人権」を国家に付託し、政府にその運用を一任する、ということであります。国民一人一人が、いったん自らの「人権」を国家に「返納」する——。

わけても、我がイムペリーオ・ヤマトにおきましては、十九世紀中葉の擬似市民革命——封建制からの〝解放〟が偽装されながら、その実、世界に類例を見ない霊肉一元的絶対王制が確立したペテン的歴史変動期、あれよあれよ……という間に、国民皆兵の徴兵制度が布《し》かれた際、それを告げる一八七二年の太政官告諭なるものにおける「血税」の文言を〝生き血を抜かれる〟と「早合点」した〝無知蒙昧な民衆〟が「血税一揆」なるものを頻発させたという、笑うに笑えぬ情けない一挿話がございましたが——そして実は、その後八十年余の歴史を閲《けみ》する限り、この〝無知蒙昧な民衆〟の「誤解」は、実は必ずしも単純に「誤解」と言い棄てることのできない、一面どころか全面の核心的な真実をも含んでいたのではないかという気も致してきますところでありますが——私の今般の「人権国債」の概念は、ある意味、往時のこの「血税」blood tax のそれに近いとも言えるやもしれません。被死刑執行者の「人権」をも尊重してくれる現職法務大臣がいる国家には、まことに相応しい、うってつけの、融通無碍《むげ》の、新しい「人権感覚」と申すべきでございましょう。

——戯《ざ》れ言はほどほどと致しまして、まず、国民はおのおの帰属する国家に対し、自らの「人権」の任意の機能停止・抹消をも前提に、それを「返納」する。それを受け、当該国家は、現代世界のより高次の秩序に対し、さらにそれら「人権」を付託し、「人権」の多重基準に基づく「国際人権防衛」「国際人権安全保障」の〝盟約〞を構築する……。いま、あえて具体的な国名は挙げませんが、自国内とその周縁で「人権」を抑圧してやまない軍事独裁超大国等が、まず最初にこの「国際人権安全保障」システムの〝仮想敵〞として想定されるのは、これはまあ、止むを得んでしょうな。

その一方、〝唯一の超大国〞たる《重力の帝国》UADは、逆に地球上の真裏、最も遠隔の地まで、いつでも三十分以内に、通常兵器・核兵器・生物兵器・化学兵器のいずれも、全人類を最低一千回以上滅ぼす軍事力を展開する用意が調えられているわけでございますが。

十七世紀のJ・L以来三五〇年、また十八世紀のJ・J＝R以来二五〇年の近代「人権」は、いまやいったん「天」に返納すべき秋《とき》が来たのであります。「天」に……具体的には《重力の帝国》に、であります。なんとなれば、現代世界の至高史上の極点は、かの国——《重力の帝国》UAD、ウソーノ・アヴィーダ・ディカインテスト——〝貪婪な大腸〞合衆国にほかならぬのですから！

いったん返納された全人類一人一人の「人権」は、《重力の帝国》最奥のハイパー・メタ武器庫にしまわれ、データベースに登録され……核兵器などはるかに超え、BSE牛肉や遺伝子組み換え種子をも上回る「綺麗な兵器」の、いわば〝最終〞〝最強〞のものとして、その時が訪れるまで、静かに眠りに就くことでありましょう。

そして一朝、事あれば（ないしは〝事ある必要〟がありさえすれば）地球上のいかなる版図にも、GPS航法装置が某独裁者の左右いずれの瞳孔を標的にしても戦術核ミサイルを命中させることができるのと同等以上の精度を以ちまして、〝「人権」救済を必要とする国、、、、、、、、、、、、、、、、、〟を設定する必要のある対象地域に、その強烈無比な「人権爆弾」を誘導・炸裂させることが可能となるでございましょう。人権の自主的抛棄《ほうき》。人権の強制剝奪。人権複式化。人権の部分停止・凍結。人権の抑止。人権の拡散防止。人権の大気圏実験停止。人権の地下実験も停止。はたまた、人権の限定的強化・集中……。ああ、人権万歳、万万歳ですが——今回、当会議での「人権」の「制限」にも関わる、それら『宣言』の草案を、イムペリーオ・ヤマトはじめ属国・属州のそれぞれにも起草させる、一応は起草させてみる——。こうした雅量を湛《たた》えた民主主義こそが、《重力の帝国》ことＵＡＤ——〝貪婪な大腸〟合衆国を、過去二世紀半にわたり、世界の憲兵・地球の盟主・人類の牢名主たらしめてきた根底の力といっても過言ではありますまい。「人権」概念のかくもflexibleな展開に、もとより私は賛嘆を惜しまぬものであります。随時、臨機応変に伸長し、はたまた自在に撓《たわ》められつつ、その結果として、つねにつねに精確無類な必要質量とヴェクトルとを併せて保つ——。

日ごと日ごと、荒寥たるこの星の其処此処《そこここ》に、自転の順を追って苦役に満ちた一日が終わるたび、私どものこの属州イムペリーオ・ヤマトにも、とりあえずはそれらしき夕焼けが始まり、西空の雲と地平のあわいに貼りつき、時としてぶちまけられた血反吐《ちへど》のごとき壮麗な夕映えさえ拡がるひと日の終わりがあるらしいことを、私はむしろ紛れもない奇蹟であるかのようにすら感ずるのですが

――そしてそれが太古の大規模なシダ群落や、暗緑色の肉厚の葉叢《はむら》を重たげに繁茂させたメタセコイアの林を、あるいは水中のアンモナイトや三葉虫、そしてオペラ舞台の〝その他大勢〟の、埃っぽい衣装を分厚く着込んだ合唱隊《コラール》の群衆のように――懶《ものう》げに徘徊する原始巨大爬虫類たちの、背のぎざぎざの骨板や尾の棘棘《とげとげ》を照らしていたものと、果たしてどこまで同じかどうか。

それは地質学や気象学、環境生態学の門外漢にすぎぬ私の、もとより理解の及び得るところではございませんが……おそらくは明日も、明後日以降も、人類には輝かしい未来が続くのであろうことを、私は干魚《ほしうお》のごとく老いさらばえた自らの魂のどこか一角に、奥深く象嵌された熾火《おきび》のごとき熱を覚えつつ、確かに予感しております。それ以上に、烈しく希求してもおります。

――本日から四日間の討議が、各分科会のいずれにおかれましても、現代世界の「人権」概念の見直しと、その抜本的変革にとって実りあるものとなりますことを……そして最終日午後の全体会議では、今日の私ども人類にあらまほしき『世界人権複式化宣言』の採択・制定に滞りなく到り着きますことを、深く祈念しつつ――以上、はなはだ雑駁、かつまことに粗漏《そろう》ではございますが、本『世界人権複式化宣言』制定会議の基調報告とさせていただこうと存じます。

一時間を越える御清聴、衷心よりお礼申し上げます。あちら……正面通訳ブースの八十に上る諸言語の同時通訳御担当の諸兄姉にも、ひとかたならぬ御苦労をいただきました。

まことに、ありがとうございました。（盛んな拍手）

Ⅲ　冬の無言

第九話　強制和解鎮魂祭

〝草のような少女〟だと思った。

だが、実は三十は過ぎている筈だと酉埜森夫《とりのもりお》が聞かされたのは、彼女の姿を初めて見た日、そのことを伝えた夕食時だった。それきり話題を変えた両親の硬い表情に、酉埜は昼間、彼女に向かって何ごとかを囃《はや》し立てていた男子中学生たちの制服のズボンの汗の臭い、赤黒い面皰《にきび》からこぼれる黄色い脂肪の粒、滲み出た淋巴《リンパ》液のてかりを想起した。

風に靡《なび》く草はらの向こう——セイタカアワダチソウの茂みに隠れるように建つみすぼらしい小舎《こや》から、彼女は時折り姿を現わしては、金盥《かなだらい》に重ねた洗濯物を、裏の手漕ぎ式の井戸で洗うのらしかった。身に着けた壁土色の上下は、酉埜がそれまで目にしたことのない不思議な仕立てられ方の衣服なのだったが、何より、小柄で痩せぎすの女の、長い黒髪を束ね、顴骨《かんこつ》の輪郭のきわだつ横貌は、他者はもとより外界全部に向けて自らを閉ざしているかのようで、その伏し目がちな眼差しに漲《みなぎ》る、冷え冷えとした拒絶感に満ちた美しさが、六歳の少年の胸を烈しく打った。

真夜中、あの女は小舎を出、月光の下、両手に持った二梃の鎌で草を刎《は》ねながら「訳の解らない言葉」を叫び、一人、踊り続けるのだという。その姿を、何度も見た者があるという。

――そう囁き合っていた中学生たちが、やがて背後の畑から、てんでに折り取ってきた何本もの長葱の先の青みに、饐《す》えた恥垢の臭気が鼻を衝《つ》く陰茎を挿し込み、含み笑いを押し殺して放尿しては、切り口を折り曲げて閉ざしたそれを、女の小舎へ向け、投げ矢のように投擲《とうてき》する競争に興じたことは、しかし西埜森夫は、両親には伝えなかった……。

仰向けに寝そべると、薄いブルーシートごしの堅く冷たい地面の感触が、泥土のように疲れた軀《からだ》には、むしろ心地良かった。左手の指の腹の爪ぎわは、スチール巻きの太い弦を押さえ続けるせいで、短い休息では到底、和らがない痛みと熱を宿している。だが、弓を操る右腕の付け根前面……三角筋に蟠《わだかま》る重い張りを含め、実はこの段階に至ってようやく、本来、奏すべき楽音――〝チェロ曲の旧約〟とされる無伴奏組曲と《無窮花民国《ムグンファミングク》》の民主化運動の歌曲から自ら抽出し、プログラムを構成した「音楽」の精髄は、少しずつ西埜森夫の全身を巡り始めるのだ。

数分後には再開される次の「舞台」に立つべき語り手・操り手を打ち合わせる仲間たちの話し声が、実際には五メートルと離れていないにもかかわらず、滝さながらの蟬時雨に遮《さえぎ》られ、はるか遠くからのそれのように届いてくる。かつて西埜森夫が自らの著作の〝少数の幸福な読者〟と定義した、その一部として出会い、そしてほどなく得難い「友」ないしは「同志」として、今日のイムペリーオ・ヤマトにあっては一種〝奇蹟〟とも見做《みな》すべき関係の維持されている何人かの――。

眼を開ければ、陽光に半ば透きとおった緑の葉叢《はむら》の重なり合う楡《にれ》や楠《くすのき》、桜の梢が複雑に組み合わさった隙間の向こう——眩《まばゆ》く深い青空の底を痙攣的に行き交う、糸屑や勾玉《まがたま》めいた物体は、実は西埜自身の硝子体《しょうしたい》の内部を浮游《ふゆう》する老廃赤血球が網膜に映じているのだった。あの春——イムペーリオ・ヤマト最悪の国策企業にして、いまや〝人類の敵〟というべき電力会社が四基の「炉」を、為す術もなく次つぎと爆発に至らしめ《灰色の虹》を出来《しゅったい》させて以降、その量は格段に増大し、とりわけ左眼は視野のほとんどを常に埋め尽くす状態にまでなっていた。

毎年八月、中天に砂風呂がしつらえられたかのような酷暑を極める灼熱のH市の、滝のような蝉時雨の中、「記念日」当日の「慰霊式典」を頂点として、幾人かの盟友らと三日にわたり繰り返す、計六十回以上に及ぶ何かの勤行《ごんぎょう》めいた野外人形芝居《ギニョール》公演の共同主催者の、人として、その間じゅう伴奏のチェロを弾き続けながら、一回ほぼ二十分のプログラムと次のそれとの合間の僅かな休憩時間に、退避壕のごとき木蔭に仄かな「救済」の気分を覚える……そんな習慣が始まって、すでに四半世紀が過ぎようとしていた。まさにこの地に《重力の帝国》UADにより、人類史上初めて熱核爆弾が〝実戦使用〟され、現にある暑さなどと比較を絶する火球にいっさいが呑み込まれた事実を「記念」し「平和」を希求するはずの公園の一隅——もはや、ある種の家具のような懐かしさをすら覚える一群《ひとむら》の夾竹桃《きょうちくとう》の葉叢の奥で。

そして今年も八月六日の午後——かつて主として首都圏の女子大生らとの共同制作によって成立した、熱核爆弾を投下した《重力の帝国》UADの犯罪性も、そこに到るイムペーリオ・ヤマトの侵略戦争の責任も、それらの果てに続く現代の世界をも、すべての罪科を〝イムペーリオ・ヤマトおよび《重力の帝国》ＵＡＤの犠牲となった一人の少女の死者と、彼女に連なるすべての子どもたちの被った惨禍から糾問する物語〟の人形芝居の野外連続公演の最終日――土埃にまみれ、塗られたニスが溶け出すほどの陽射しにちりちりに炙《あぶ》られたチェロと二本の弓に並んで、西埜は自らも重い軀を横たえた。この酷使を前提に、八月のＨ市に携えてくるのは最初から現在にいたるまで、西埜が二台、所持しているチェロのうち、前世紀末葉まで分裂国家だった中欧の大国の「西側」で、東西の〝統一〟直前に製造された、安価な量産品の方だったが、多年に及んで辛酸を共にした愛着という意味では、もう一台の手工品に対するのとは別の感情があったかもしれない。

　そのとき、西埜森夫の耳に……またしても〝あれ〟が忍び寄ってくるのだった。調子外れの〝歌声〟と間延びした囃し文句、そして聞くに耐えない罵詈雑言がすべて綯《な》い交《ま》ぜとなって縺《もつ》れ合った、あの神経をささくれ立たせるラウドスピーカーからの音声が。

〽恨み辛みは　棄てようぜ！
　恨んだ奴は　恨まれる　恨んだ奴は　嫌われる　イデオロギーよ　さらばだぜ……

〽ええやん？　ええやん？　別に　ええやん？
　ええやん？　ええやん？　ええやん　ちゃうの？

「もう〝国民投票〟の結果は出たんだぞー。我らイムペリーオ・ヤマト臣民は、正式に『基本的人権』

なんか〝返上〟したんだー。いつまで、世迷言を言ってるー？　惨めで無様な『左慾《サヨク》の人だち』はー！」

――拡声器から、こう繰り返される間延びした〝演説〟の最後の文言は、無慮六十年前、ある放浪作家が《聖上制》をめぐって綴った結果、巨きな社会的事件ともなった〝幻想小説〟のなかで用いた言い回しだった。そしてそれを〝復活〟させ連呼する一群の集団が、ここH市のウラン型熱核爆弾〝実戦使用〟の爆心地にほど近い公園へと通ずる橋に、突如として出現し、イムペリーオ・ヤマトの「国旗」と「海軍旗」とを林立させて四囲を圧する大音声を響かせるようになったのは、まさしく、この国に《灰色の虹》が立った年の夏からのことだった。

そうしたそれら全ての果てに、本年の「鎮魂祭」――政府によれば〝最終的・不可逆的〟な「永遠の和解のための」「歴史の全清算」慰霊式典〟が断行されたのである。

――当初から、この行事に対する政府の熱の傾注ぶりには瞠目《どうもく》すべきものがあった。

三年後に控えた《万国体育大祝典》に合わせて〝歴史の全清算〟を断行すると称し、《重力の帝国》UADによる、首都をはじめ諸都市への大空襲、H市やN市への熱核爆弾「実戦使用」等等、全部の無差別大量殺戮につき、賠償権はもとより倫理的・人道的「抗議権」をも、ことごとく〝不可逆的・最終的に〟「抛棄《ほうき》」するという大英断を、今春、突如として下したイムペリーオ・ヤマト政府――。

そして、その大英断を事後承認する「国民投票」は直ちに実施され、輿論《よろん》調査によれば何より《万国体育大祝典》を成功させるため、有権者の過半・七割の賛成票（ただし最終投票率四十三％）を得て、《重力の帝国》UADに対する糾弾権はそっくり「抛棄」されたのだったが――。

しかも、併せてイムペリーオ・ヤマト政府自らも自国ヤマト国民に対し〝近代以降〟のあらゆる対外戦争の「戦禍」によるそれらはもとより、『国家維持法』等の弾圧法による死刑執行・拷問死・獄中死その他……また直近では露骨に《灰色の虹》を念頭に置いた「大規模公害」等等、疑いなく政府の重大な失政の結果である蓋然性を否定し得ない事案をめぐる、国家のいかなる責任に対しても、国民は一切の追及を〝未来永劫〟行なわないとする最終確認までもが、あっさりと閣議決定されたのだったが。

かくして新たに〝永遠の和解「慰霊祭」〟と改組された今年の慰霊式典は、当然のことながら、これと踵《きびす》を接して準備されている「憲法改正」プログラムとも密接な関連性を有するのだったが。さらにここでもまた、参政権を有しない〝居留民〟など物の数ではないと、最初からその意思は、一顧だにされもしなかったのだったが——。

ちなみに西埜森夫は、すでにこれらを批判する掌篇小説を独立系週刊誌に発表し、《レキオ》で発行される新聞の論攷《ろんこう》で表明しもしてはいた。だがいわば〝言論の最孤絶者〟たる一作家の発信するそれらに較べ、イムペリーオ・ヤマト政府が展開する宣伝工作は、当然のことながら何十桁もの冪数《べきすう》違いともいうべきほどの規模のそれとなった。

大衆への働きかけは、それに留まらない。

——〝国民的アイドルグループ〟《SBKC》による「大和解」キャンペーンソング『恨みつらみは棄てようぜ！』や〝お笑い天帝〟竹ヤンの〝ギャグ〟(と、これをしも言うのか？……)「別に、ええやん？」が、毎日、全地上波テレビ局・ラジオ局・インターネット回線その他を通じ、数十万回、流される。彼ら人気藝能人による〝生身の〟宣伝活動の嚆矢《こうし》として、今回八月六日のH市、同九日のN市、さらにイムペリーオ・ヤマトの〝公害を象徴する〟それとして、多年にわたり国策企業による総計二千五百万人分の致死量に当たる有機水銀排出被害を受けた西海地域の広範な内海、光に煙《けぶ》り黙《もだ》せる海――S湾沿岸の三箇所を「巡回」して〝依然、根強く蔓延《はびこ》る〟抗議・反対を「掃討」するための移動式《和解鎮魂式》が繰り広げられる。《SBKC》や〝お笑い天帝〟ばかりではなく、〝アイドルだって、政治する！〟を合言葉に、内閣総理大臣付プロデューサー某・麾下《きか》の〝ユニット〟《迦陵頻伽《カリヨウビンガ》512》の面面が、この期間だけ新たに《融解少女大旅団》と名を変え、三十二名ずつ計十六連隊に編成され全、国各地に「出動」「展開」する事態となっていたのだったから。

むろん、それに呼応し「人間の心性の極限的に撓《たわ》められた限界」（西埜森夫）を露呈する者たちの反応は枚挙にいとまがなかった。加えて西埜森夫の定義する、この〝超強制・不可逆・最終和解・移動鎮魂祭〟は、すでにしてH市・N市・S海沿岸のみならず、《レキオ》や《灰色の虹》が林立する諸地域もその対象とする第二次計画が発表されていたが、それが愚かしくも「爾後《じご》十万年の管理を要する」と閣僚らから真顔で発表された、高濃度核廃棄物最終処分場の建設計画とも密接な関係を有していることは明白だった。

さらに政府の「大和解」プロジェクトは、次の段階として《無窮花民国》への拡大が模索され、『恨みつらみは棄てようぜ！』の高麗《コリヨ》語ヴァージョンが《SBKC》《和解少女大旅団》の競作として発表されたものの……この展開に関しては「従来より格段に対処困難な現地からの反撥《はんぱつ》」も懸念されていた。

そして、それら万般の総仕上げとして、本邦民主主義の体現者たる《聖上》の行幸が執《と》り行なわれる……。

補足するなら、こうした〝潮流〟の強力な呼び水となったのが、むろん三年前――現職《重力の帝国》UAD大統領によるH市訪問だったのは明らかだった。〝永遠の奴隷国家〟イムペリーオ・ヤマトを筆頭とする「属国」数十を従え、陸戦・海戦・空戦・宇宙戦・地底戦・電子戦、ウイルスの世界流行《パンデミック》や通貨偽造、植生破壊に種子遺伝子損壊、環境ホルモン放出、基幹産業プログラムの破壊……等等を自家薬籠中のものとし、さらには十万人規模の「超能力者」「霊媒」「占術師」部隊の編成・配備すら完了して〝霊魂戦〟の領野に到るまで、敵対するすべてを席捲し破滅させ得る、人類史上最強最悪の軍事力を擁した国――。自らが地球上の全地域で惹《ひ》き起こしてきた過去二世紀半に垂《なんな》んとする期間の全侵略戦争による自国死者の総和が、なお十九世紀中葉の自国内戦「市民戦争」の死者数五十万を遠く下回る国……。

その比類なき《重力の帝国》UADの現職(当時)大統領にして、心にもない〝熱核兵器廃止〟の〝願望〟をただ口にして見せただけで、人心を愚弄し文化を腐蝕させ続ける〝人類最高権威〟各部門の欺瞞に充ち満ちた「賞」の一つを授けられた男が――紛れもない自国が、七十年前、周到に周到を極めた計画と準備を経た上で、冷然としでかした熱核兵器投下を、あたかも天変地異か宗教的災厄ででもあるかのごとくに言い抜けつつ、その核攻撃の〝生存者代表〟に対し演じて見せた「抱擁」が、全世界の既存メディアおよびインターネット回路を通じて報道されてからというもの……イムペリーオ・ヤマトの「和解」プログラムは〝最終的・不可逆的に〟動き始めたのだった。だが――。

西埜森夫は思い出す。

すでに二十年以上も昔――H市とN市への熱核兵器攻撃を体験した生存者代表の男女各二名・合計四名を伴い、《重力の帝国》東海岸を経めぐった旅を。首都Wの国立博物館には、H市への熱核爆弾投下を為した爆撃機、おぞましくも機長の母親の名が冠された〝超・空の要塞〟の、高高度仕様に改造された機首だの、用いられた爆撃照準器だのが麗麗しく、誇らしげに陳列されていたことを。N市へのプルトニウム型核爆弾攻撃の現地時間に合わせての現地の前夜遅く、大統領公邸《白い館》前で、今と同じく抗議のチェロを弾いたことを。それまでの三週間――たとえば敬虔な平和主義者が集まるという触れ込みの教会の集会で、彼ら四人のH市・N市の核攻撃生存者の話を聴きに参集したはずの、おおむね老齢の主として白人男女が、西埜の熱核兵器投下の歴史的経緯をめぐる声明の後、散会時には憎悪に満ちた沈黙を以て、そそくさと去って行ったことを。

また、たとえば現在にいたる湾岸地域への《重力の帝国》の「最終戦争」が始まった年の八月六日朝、彼地から取材に訪れたTVクルーが、今日と同様H市の爆心地でチェロを構えていた西埜に、演奏を要請し、その収録後、謝辞に続けて語った「もはや中東は《重力の帝国》からの核攻撃を避け難い。ならば、せめて〝UADの核攻撃を受けても、こんなに立派に復興することもできるのだ〟との希望を、故郷の人びとに与えよう――。それが、このたびのH市・N市取材の意図だ」との言葉を。

一方、それに遡る十年余り前、イムペリーオ・ヤマト軍隊により「性奴隷」とされた高麗の女性数名が、ヤマトのマスメディアの十重二十重《とえはたえ》に囲繞《いにょう》する輪の中心で、事態の〝責任者〟の旧軍属と称する男の怒号のような胴間声の「謝罪」を浴びせられ、被害者の一人は「謝られたら赦《ゆる》すと答えるしかないのか」と声を振り絞るように応じたことを。しかも後に、この「加害者」が自らの〝証言〟を平然と翻す変節を示した結果、「加害」と「被害」の事実は、より隠蔽され、貶《おとし》められたことを。

中央高地の一隅――少し前までの母に似た高齢の女性たちが、皆、俯《うつむ》いて買い物帰りの自転車を押し歩く田舎町である西埜森夫の郷里は、第二次大戦末期《重力の帝国》UADによる空襲の激化と、目睫《もくしょう》の間《かん》に迫った上陸侵攻に備え、ひたすら「国体」護持のため、《聖上》と政府が首府を撤退、移転しようと「大本営」を造営させた盆地の片ほとりだった。一万人にも及ぶ高麗人の強制労働と虐待の果てに、その巨大地下壕完成の突貫工事の目処《めど》が立ったのと同時に、酸鼻《さんび》を極めた《レキオ》での、圧倒的な《重力の帝国》機動部隊・地上軍を釘付けにし、食い止める「総力戦」に、「大本営」からの作戦終了命令が出されたという。

そう。このことを知った十代前半の頃には、もう西埜森夫も分かるようになっていた。なぜ「彼女」が、あの小舎に一人で暮らしていたか。そして、時として鎌を両手に踊る夜半があったのか、も――。

〽恨み辛みは　棄てようぜ！　お互い様だよ　どっちもどっち
恨んだ奴は　恨まれる　恨んだ奴は　嫌われる

心の狭い　あんたは惨め
赦しの時代　癒しの時代……

〽ええやん？　ええやん？　別に　ええやん？

ええやん？　ええやん？　何でも　ええやん？　どうでも　ええやん？


……そのとき、拡声器からの〝歌声〟と〝ギャグ〟の音量がひときわ高まると同時に、公園入口の橋の袂で、なんらか、明らかな紛擾《ふんじょう》めいた気配がした。

どうやら「国旗」と旧「海軍旗」を林立させたくだんの集団が、警察の張った、見るからに形ばかりの阻止線に、新たに揺さぶりをかけているらしい。

「ちょっと、見てきます」「私も行くわ」

人形芝居を共にする盟友らが、事態を確認しようと、そちらへ小走りに向かったその後を、いったん楽器をケースにしまってから追おうとしかけて——不意に酉埜森夫は、すぐ傍らの人影に気づいた。


いつから、そこにいたのか。

黒い小さな日傘を差し、やはり黒の地味な化繊のワンピースをまとって広場の縁石に腰掛けていたその小柄な女性は、一見してひどく高齢で、少なくとも八十代半ば過ぎ——もしかしたら九十代に入っているのかもしれなかった。小さな瓜実形《うりざね》の貌にも、薄い手にも刻まれた、縮緬《ちりめん》に似た夥《おびただ》しい皺は細かく深く、そして黒服の裾から覗く、埃にまみれたゴム靴を履いた脚は枯れ木のように細く干涸《ひから》びていたから。

そして……これは何と言うのだろう。フレームの上半分が黒、下側が透明の角張った古めかしい眼鏡をかけ、その、レンズが嵌《は》め込まれておらず素通しになった左側の方は、眼病なのか、目に当てた正方形のガーゼを押さえる役割を果たしているらしい。

老女は、西埜森夫の方は見ないまま、独り言のように、くぐもった小さな声で呟くのだった。

「そりゃ、わたしだって、いつまでも苦しんでなんか、いたかないさ。いちばん厭なのは私だよ。ずっと怒り続けていなきゃならないなんて、それが、そもそも苦しみさ。……いつかは楽になりたいよ。もしも、なれるものならね」

西埜森夫は息を呑んだ。老女は独言を続けた。

「だから、赦すしかない時が、いつかは来るしかないのかもしれないね。だけど——それはまだ『今』じゃない。絶対『今』じゃない。誰がなんと言おうと、金輪際『今』じゃないだろうさ……」

現実の確率を考えるなら、当然、その可能性は絶無に等しかった。だが、それでもなお——西埜森夫には、彼女が誰であるかが判ったのだった。

「私は、昔——あなたをお見かけしたことがあります」ようやく、西埜森夫は言葉を挟んだ。

「お元気だったんですね?」

だが彼には一瞥《いちべつ》もくれず、老女は聴き取り難い呟きを低く続けた。

「わたしは、悔しさと一緒なんだ。まだまだ、生きてる限り、わたしの悔しさは消えやしないんだ。何しろ、起こったのは、絶対に取り返しのつかないことなんだからね……」

西埜森夫は顔を上げた。

八月の灼熱の光の坩堝《るつぼ》、奈落のように深い、眩《まばゆ》すぎて暗い青空の底で——蟬時雨も、他の物音も、いっさいが遠のいていった。

第十話　亜鉛の森の子どもたち

初夏。澱《よど》んだ曇天に穿《うが》たれた裂け目から幽《かす》かな光が一条、細い円柱の内部に浮游《ふゆう》する乳白色の塵や埃のガラス纖維のごとき切れ切れを踊らせながら不意に射し込んだかのように、七月初旬の午後——その電子メイルは届いたのだった。

綴られたアルファベットは、幾つかの外国語に少しずつ似ていた。だが、またそれら、いずれとも微妙に異なり、とりわけ字上符《じじょうふ》は見たこともない遣《つか》われ方をしていた。

インターネット上の翻訳サイトを手当たり次第に試してゆくうち、八十ほどの言語を網羅した最大規模のそれの自動識別機能が、ようやく——件《くだん》のメイルは「人工世界語」で書かれていることを、十瀧深冬《とたきみふゆ》に告げた。

〖初めまして。あなたは、どこの国の方でしょう?〗

——南北両半球のある地域に一般的な男性名の差出人は、こう書き出していた。

《僕は、いま十二歳。一人だけど、一人じゃない……僕のメイルは、全部の、もう殺されてしまった子どもたちと、いま殺されようとしている子どもたち――これから殺されるため、この惑星に生まれてくる子どもたちみんなの「声」だと思ってください》
翻訳サイトの処理速度の遅さをもどかしく感じながら、十瀧深冬は返信を、初めての「人工世界語」で綴った。
〔こんにちは。メイルをありがとう。どういうことなのかしら？〕
返事は、すぐに来た。

《イムペリーオ・ヤマトへ、僕のメイルが届いたんですね？……やった！ 信じられない！》
少年は、手許の古いコンピュータで、まだ辛うじて作動する十七個のキーを闇雲に叩きながら、夥しい〝アドレス〟を入力し、片端からメイルを送信していたのだという。
《八千通までは数えていたけど、その後はもう忘れました。もしかしたら〝奴ら〟のアドレスに先に着信してしまうかもしれない――。賭けだったんです》
〔良かったわね。私に届いて〕
応じながら、十瀧深冬はまだ半信半疑だった。これは、何かしら手の込んだ悪戯なのか――。むろん、別に悪戯でもいっこうに構いはしなかったのだが。
《そうです。僕ら《亜鉛の森》の子どもたちのことを聞いてもらえるんですから》
――それが、少年と十瀧深冬との、束の間のやりとりの始まりだった。

ほどなく判ったのは、少年が到底その年齢とは思えない知識や語彙と、明らかな知性の持ち主だという事実だった。

《イムペリーオ・ヤマトへは、いつか、行ってみたかった。でも、いまは《灰色の虹》の被曝が起こって……大変なんですよね？》

〈よく御存知ね。こっちの人間の大半は、何も知らないわ〉

《まさか？　……不思議です。ＵＡＤから二度も核攻撃を受けた国なのに？》

〈そういう国民性なのよ。私たちがどんなに馬鹿か――それはたぶん、あなたの想像を絶してるわ〉

《そうなん……ですか？》

〈ねえ。あなたは今、どこの国にいるの？〉

《それは言えません。ここのことが万一、外に知れたら、僕らはたちまち〝処分〟されるでしょう。それは僕らが避けられない運命のどんな場合より、僕らの死を早めることになります》

〈じゃあ――メイルは、どこで打ってるの？〉

《地下室……？　倉庫……？　昔、食糧貯蔵庫だった場所……？　よく分かりません。ともかく暗い、窖《あなぐら》みたいな場所に、古い――もう誰も使わなくなってるパソコンが繋《つな》がってるのを、偶然、見つけて……毎晩、床下から潜り込むんです》

〈ねえ、《亜鉛の森》って何？〉

『……そう、呼ばれてるんです。一度だけ、ここに最初に入る時に見た外壁は、確かに亜鉛みたいな暗い灰色をしてました。でも別に《天使放牧場》って優雅な名前もありまして——それは内壁全体に、その謂《い》われになった題名の悪趣味なフレスコ画が、これでもかってほど、びっしり描かれてるからなんですが』

〔フレスコ画？　悪趣味な？〕

『それが……春画なんです。僕よりもっと、ずっとずっと小さな子どもたち——男の児や女の児たちが、何百人と、そういうことをしてる様が、初期ルネサンス風の技法で鮮やかに描かれた……』

それ以上、相手は説明しようとしなかった。十瀧深冬も、訊かないことにした。

『もうお分かりでしょう？　ここは人間を侮辱し使い棄てる——人の苦しみ、幼い者の苦しみを弄《もてあそ》ぶのを目的に造らた場所なんです』

〔子どもたちだけなの？〕

『もしかしたら、そうじゃないかもしれません。でも〝奴ら〟の他には、大人の姿を見たことはありません』

そこは——《亜鉛の森》は、もっぱら第二次性徴発現前後までの子どもたちを収容し、彼らを極限まで傷つけ、貶《おとし》めることを愉楽とし、それにこの上ない喜悦を覚える人びとのための施設なのだという。当然、それに伴って「臓器の畑」ないし「生体実験」に用いることも付随的・副次的な目的ではあるにせよ、それ以上に(もしくは以前に)性的対象として、ないし〝純然たる娯楽としての「身体改造」および傷害・殺害〟のため、彼らは囚《とら》われ「確保」されているのだという。

《人類が、これまで幼い者たちに加えてきた、あらゆる暴虐が整然と繰り返され……そう、イムペリーオ・ヤマトの軍隊が昔、ユーラシア大陸で行なった秘密実験を再現するプログラムも、あるみたいです。さらに《重力の帝国》UADをはじめとする現代の超大国のそれも、分子生物学・遺伝子工学の最新の知見まで総動員して〝新機軸〟を見せる――。言うまでもなく〝放射能耐性〟に関する実験も。……炉心溶融後の原発構内と同濃度の空間に普段着の子どもたちを置き、できるだけ「日常生活」と同じ環境に暮らさせて、その影響を〝調査〟するみたいな。

《でも、自家用ジェット機で乗りつけてくる世界中の大金持ちにもっと人気があるのは、ライオンだの虎だの象だの、国際条約で禁止されてる絶滅危惧動物なんかの代わりに僕らを〝狩猟〟したり、兄弟姉妹のあいだで近親相姦させたり、《闘技場》でさせる殺し合いをシャンパンを片手に見物したりすることで――最近、特に評判の『宦官《かんがん》物語』と題された映画プロジェクトは……》

それは施設の性質上、女児に較べ個体数を必要としない男児の一部に性器切除を施し、できるだけ長期に亙《わた》ってその「感情生活」を記録するものだという。人間がどこまでの「絶望負荷」に耐えられるかを計測するために。ないしは〝絶望〟を娯楽として消費するために。

《まあ、早い話が――ただ、面白いから、なんですがね》

――それを聞き、十瀧深冬は三十年以上も前に読んだ、とある長篇小説をおのずから思い出した。『旅人連邦共和国旅行記』という上下二巻の作品の後半に登場する《人間の屑の宮殿》や、あくまで侮辱だけを目的として、あどけない顔中に、世界各地から採集された「便所の落書き」の絵柄の黥《いれずみ》の施された少年少女たちのことを。その作者は、酉埜森夫《とりのもりお》といったが――。

口中に酸《す》い唾液が込み上げてくるのを感じながら、深冬は返信した。

〔そういうことは、そもそも誰がしてるの？〕

《分かりません。何にも分かりません。でも、ここにいるのは大抵、世界中から攫《さら》われてきたか、親に売られた子どもで――少しずつ、ここで生まれた子どもたちも増えてきてます》

すでに十瀧深冬も、相手の話には疑いを差し挾まないようになっていた。そして、すべては事実なのかもしれないとの感覚が強まるにつれ、次には新たな恐怖と不安が襲ってきた。だとすれば、当然――こうして電子メイルのやりとりを重ねている自らにも、なんらかの累は及ぶに違いない。

だがその一方、少年に対する、ある種、虚栄心のごとき感情も、深冬には芽生えてきてはいるのだった。彼を裏切ることも、彼から軽蔑されることも――できるなら、したくない。

あまりの緊張と焦慮に、次第に全感情が麻痺する状態にまで、十瀧深冬は陥った。恐怖感の傷口に、肥厚した新しい肉芽組織が次つぎと形成され、盛り上がってゆくかのような腫《は》れぼったい感覚の底から、深冬は少年にやっとの思いで訊いた。

〔どうすれば、いい？　私に助けてほしいの？〕
　相手は言下に否定した。
〘それは無理です。報道も統制されてる。ミフユさんには、ただ僕からのメイルを最後まで読んでいてほしい。それだけです。不思議ですね。それでも人間は、何もないより……誰もいないのとは、全然、違うんです。もちろんメイルは、そのつど消すようにはしています。それだけじゃ、到底、不十分かもしれませんが――でも、たとえコンピュータが発見されても、たぶん僕らのやりとりは、そう簡単には気づかれないでしょう。遣ってるのが「人工世界語」なので。検索には、掛かりにくいはずなんです〙

　そんな言葉にかすかな安堵を覚え、そしてそうした自らの卑屈な反応自体に、改めて打ちのめされるような敗北感と屈辱を持て余す――。眩暈《めまい》のするような日日が続いた。

ヘッダの表示時刻を見るかぎり、丸半日の時差が介在するだけではなく、常時監視されているらしい環境で、少年からのメイルはいつ来るか、予測もつかなかった。あらかじめ作成してあったものなのか、僅か数分の間隔で、信じ難いほどの長文が立て続けに送られてくる日もあれば、一週間以上にわたって来信が途絶え、その安否を心配することもあった。

　だが、やはり別れは確実に近づいていたのだった。三日ほど連絡が途切れた後、届いた一通は、翻訳サイトに掛ける前から「文面」に、これまでとは違う気配が立ち籠めていた。

〽──きょう、友だちが殺されました。もともと反抗的だという理由で、アキレス腱を切断された上、両の瞼を毟《むし》り取られて……閉じて眠ることができなくなった目の充血と乾燥に、僕らが何組か、班を編成して、いつも交代で夜中じゅう、濡れタオルで湿らせてやっていた十四歳の女の子が──。《亜鉛の森》の上得意の客の大富豪の〝注文〟で、ヴィデオ撮影されながら、嬲《なぶ》り殺しにされたんです。現代西欧の文学者が浅はかな礼讃をした、昔の中国の残虐な刑罰を真似て……その作法通り、最初に声帯を切り取られて。人でなしどもは、どんな惨たらしいことも平気でするくせに、犠牲者の悲鳴を聞かされるのだけは願い下げだというんでしょう。

〽でも、いいですか？　彼女は──ビェッガ・ニュックチャマンヌは、ここに連れて来られる前、オペラ歌手志望で……いつもジュゼッペ・アンジェレッティの『シュトーノファイロの鐘』の終幕のアリア『ただ立ち去る者としてではなく』を、透きとおるようなソプラノで僕らに歌って聞かせてくれたものでした。そしてきょうも彼女は、その残酷なしかたで殺されてゆく間、ずっと──『ただ立ち去る者としてではなく』を〝歌い続けて〟いたんです。

〽声帯を切り取られて〝声でない声〟で歌い続ける彼女の……ビェッガの〝歌〟を、たしかに僕らは聴きました。聴いたんだ、僕たちは！　……夕映えが夜の闇に呑み込まれるように弱まっていった、あの〝歌声〟を』

それから八時間以上、ソファに倒れ込むように眠り、また眼醒めては室内を蹌踉《そうろう》として歩き回り続けた深冬が、ようやく机に向かおうとするより早く——次のメイルが届いた。

〝ミフユさん。お別れです——。僕はここに来てほどなく手術され、頭の中にはある回路が埋め込まれています。それは史上初の軍事技術だそうで、人を愛することで作動する起爆装置です。僕が誰かを愛したら、その脳波（そういうのが、あるんだそうです）を感知し、作動する——。そんな実験台にされているんです。

〝こんなものを何に使うのか、偽装された二重工作・三重工作の陰謀のためかもしれないし、単なる〝余興〟なのかもしれない。だけど当然、そのことに僕は悩み続け、やめてくれと言い続けてきました。人を愛することで作動する起爆装置なんて……。

〝だから僕は、人を愛することを諦めました。誰かを愛することが、人を殺すことになるくらいなら……。そしたら、僕が決して人を愛さないという覚悟を固めたことに気づいた〝奴ら〟は、今度は僕を別の実験台に使うことにしたんです。今の状態のまま僕の魂を抜いてやろう、と。意識がなくなったら、これ以上、悩む必要はないだろうって。

〝その〝魂抜き〟の実験が、明日の朝、されることに決まりました。もう、時間がありません。前に見たことのある、タイル張りの、変に明るい、消毒薬の嫌な臭いのする風呂場みたいな部屋で。そこで、僕の魂は消える——。母さんや父さん、弟、妹たち。飼っていた犬と山羊。友だち。草原のお祭りの思い出。夕映え。朝焼け。故郷の記憶が。そこで消える。どこか他へ行くんじゃなくて、そこで消える——。

《これがどういうことなのか、僕には分かりません。見当がつきません。怖いです。とても怖い……体が裏返って、内臓を全部、吐き出してしまいそうなほどに。

《――ああ、僕は昔から、鳥を見るのが好きでしたよ。他の、どんな動物よりも。電源コードもスイッチも付いてないのに、活き活きと動き、飛び回っている……「命の寂しさ」そのものみたいな鳥の姿が。僕も、きっと今》

――そこで、メイルの文章は唐突に断ち切られていた。

そして、これが彼からの連絡であることを、十瀧深冬は理解した。このメイルが〝奴ら〟に発見されているのではないかという懸念は、いまは不思議と湧いてはこなかった。

カーテンを開け放つと、この滅びつつある国の首都は、蜜蠟《みつろう》を塗り込めたような黄昏《たそがれ》に沈もうとしていた。

十瀧深冬は、それでも習慣的にマスクと長手袋をし、アパートを出た。世界を脅《おびや》かすファシズムの伸張に、人びとが息を詰めた沈黙と無関心とを装ってひれ伏し、空気には《灰色の虹》由来の何十もの核種――金属の味のする放射性微粒子が瀰漫《びまん》し、散乱反射する街へ。

晩夏の日が、どんどん暮れてゆく。高架線を電車やモノレールが玩具のように行き交い、その向こうを、夜間飛行へと向かう旅客機が、まるで停止しているかのようにゆっくりと上昇しつつあった。なぜ、まだ世界は、まるで何事もないかのように続いているのか——。

十瀧深冬の耳に、アリア『ただ立ち去る者としてではなく』の顫えるような旋律が蘇ってきた。

どこへ向かえば良いのか。

すべて、「夢」でなどないことは判っていた。躓《つまず》くように歩き続ける蹠《あしうら》から、唯一、憤怒だけが這い上ってくるようだった。

第十一話　二〇一七年のソフィヤ・セミョーノヴナ

二〇一七年、十月――。

ソフィヤ・セミョーノヴナ・ラスコーリニコワは、一七〇歳になっていた。彼女が、サンクト・ペテルブルクの下町に〝飲んだくれの九等官〟セミョーン・ザハールィチ・マルメラードフの娘として生まれたのは一八四七年だったから、通常の人間なら、もちろんとっくに死んでいたろうが、「ソーニャ」と愛称される彼女は、紛れもない世界文学史上不滅の傑作小説の永遠のヒロインなので、まだ生きており……それどころか、もしかしたら不死であるかもしれないのだった。

――ところで、この極めて短く、しかも実は長大であるともいえる物語をできるだけ急いで先へ進めるため、ここで作者としてあらかじめ手短に説明しておかねばならぬことがある。

まずソーニャは、「ロージャ」ことロジオン・ロマーヌィチ・ラスコーリニコフが、その犯した強盗と複数殺人に対し、彼国の、ある意味、甚だ寛大な行刑制度が申し渡した「第二級徒刑囚」としての八年の刑期を、さらに大幅に短縮されたのち（これは〝今日の青年一般に瀰漫《びまん》する退嬰《たいえい》的傾向からの、最も目覚ましき更生の顕著な事例〟として、皇帝アレクサンドル二世じきじきの裁可による恩赦であったと伝えられる）、彼に付き従い、共に赴いていた流刑地シベリアで、彼女の二十三歳の誕生日にロージャと結婚した。

しかしながら、この若い夫婦が、春先の窓辺の花卉《かき》を慈しむように育ててきたはずの希望をもって移り住んだモスクワで、夫は新しい職を見つけることもしないまま、一年と経たぬうちに身罷《みまか》った。晩秋のとある夕刻、雇われていた食品や小間物を商う小さな店の手伝いから帰ったソーニャが、二人の下宿に蠟燭《ろうそく》も灯されていないのを訝《いぶか》りながら、夫の姿を探し、最後に寝室の奇妙に重くなった扉を開けて、ドアノブの内側に懸けたガウンの紐で首を吊っていた彼の痩せた長軀が薄暗い床に斜めに横たわっていたのに躓《つまず》いたときの衝撃に関しては、その後、十年近くにわたって、彼女は決して口にしようとはしなかった。

ところが一度だけ、一八八一年の春さき、《人民の意志》党員によりアレクサンドル二世が暗殺されたとき、彼女は突如としてある新聞の取材に応じたことがある（ちなみにそれは、彼女の物語を生み出した文豪Dが病死してから四週間ほどしか過ぎていなかった）。

記者の質問に「自分に人を殺す権利があるなんて、一度でも思い込むような人たちは、皆、そうなんですわ。何より、死んだ夫が不思議だったのは、あの人がなぜ自分が〝選ばれた者〟だなんてと思い込むことができたかです。だって、あの人が実際にやったことといえば、実はお金欲しさのための、ただの強盗殺人に過ぎなかったじゃありませんか。しかも、そういうことをしでかしながら、それでも自分のしたことと、私が引き受けざるを得なかった運命とを、同じ〝踏み越え〟だなんて——それでも自分が〝選ばれた者〟だなんて言い訳の妄想を手放さなかった人間は、結局、自殺でもするしかなかったんでしょう。〝すべては許されている〟だなんて——」そう、ソーニャことソフィヤ・セミョーノヴナが答えたことは、その〝手厳しさ〟、思いがけず辛辣な内容が、《重力の帝国》内外で少なからず話題となったものだった。

「そういえば、あの人は、誰かさんみたいに紐に石鹸を塗りたくったりはしていなかったようですわ。まあ、誰かさんの場合は、たしかロープを使ったから、そうする必要があったのかもしれませんけど」

——彼女は、自分たちの物語から二作後に書かれた、すなわちD氏の第三長篇小説の、主要人物の一人の縊死のエピソードまで持ち出して、冷然と言い放ったという。

そして次に、この寡婦に人びとの注目が集まったのが、一九一七年のあの世界史的事件であったことは言うまでもない。人類の歴史上初めての〝麺パン主義者〟による「唯物革命」のさなか、当然、紆余曲折を経はしたものの「祖国の混乱を逃れ」最終的にUADへと亡命した〝白系露人〟ソフィヤ・セミョーノヴナが、迎えられた《重力の帝国》を拠点に、以後「革命の恐怖」と「神の国の栄光」を説く〝愛の大使〟として内外各地で示してきた活躍ぶりは、夙《つと》に知られているとおりである。

——そして今年、その百周年を迎え、故国に成立した「赤色革命」の災厄を伝道して世界を回る彼女の講演日程は、いよいよ多忙なものとなっていた。

「お目にかかれまして光栄です。ソフィヤ・セミョーノヴナ――」

トリノ・モリオと名乗った男は、鄭重に身を屈め、手にしたメモ帖を見ながら、そこだけ、なかなか発音の良い露西亜《ロシア》語で挨拶してから、以後の会話は通訳を介して行なう旨を断った。

「……貴女《あなた》に、私は最初、九歳のとき、あの圧倒的な物語で出会いました。私の父はイムペリーオ・ヤマト中央高地の県の公務員で、図書館司書だったのですが、彼が生涯でただ一度、地元のラジオ番組に出演し、十分間ほどの《読書の奨め》のコーナーで〝世界の名作〟を紹介したことがあります。それにあたり、ちょうどヤマト語の新訳が出たばかりということもあって取り上げたのが、貴女とロジオン・ロマーヌイチのことが書かれた、あの小説だったのです。そして――あるいは公務員だったという事情も関係していたのかもしれません――出演料の代わりの謝礼として〝現物〟を貰って帰ってきたのが、クリーム色の貼函に入った、クロス装のその本だったのでした。赤い、小振りな本です。でも厚い。そういえば、その本の印象は少しだけ、貴女のお好きな『聖書』に似ていたような気もします……」

この人は一体、私に何を言いにきたのだろう？　ソーニャは、トリノと、彼の脇に立つ通訳、そのさらに斜め後ろの編集者だと紹介された三人（あとの二人は中年の女性だった）の上に、落ち着かない視線を彷徨《さまよ》わせた。彼女が意外にも今回が初めてというイムペリーオ・ヤマトに招かれての二週間の過密なスケジュールが明日で終わる、その最後に急遽、申し込まれた週刊誌のインタヴューで、トリノは作家だと紹介されていた――。

「シマリノフ画伯の挿画も、素晴らしかった。ざっと、二十葉ほども入っていたでしょうか……。私は今にいたるまで、デメンティ・アレクセーヴィチ以上の挿絵画家を知りません」

トリノは、半ば陶然とした表情で続けた。

「なぜ、わざわざ挿画のことを言うかというと――最初、初めて読み始めた九歳のときには、その翻訳本は、私にはどうしても歯が立たなかったからです。主人公の青年が金貸しの老婆を殺すことは知っていたんですが、読んでも読んでも、ちっともその殺害の場面まで到り着かなくて……彼はいつまでも、ただ真夏のサンクト・ペテルブルクを歩き回っているだけ。結局、シマリノフ画伯の手になる見事な挿画ばかりを探しては、それに眺め入っていたという次第なんですよ」

ソーニャはかすかに貌を顰《しか》めた。彼女の両脇に立つ、ヤマト外務省職員と《重力の帝国》から付き添ってきた国務省補佐官とが、かすかに身を固くする気配がした。さらに後ろの警護係は、とりあえずはなんの反応も示さなかったが、その国務省付の青年は身長二メートルを越す屈強な体軀を包んだスーツの下に、防弾着をつけ、銃身を切り詰めた短機関銃と二挺の全自動拳銃、一挺の回転式拳銃に何本かのナイフを忍ばせている筈だった。

「だからしかたなくページを繰っては、まだ読んでいない先の方の挿画も眺めたりしていて……そこで私は、貴女の姿にも初めて接したというわけなんです。でも、その次は違いました」

トリノは続けた。

「二回目にこの本に取りかかったのは、十四歳の誕生日の直前の三日間――どうしたわけか、自分はなんとしても十三歳のうちに、これを読んでおかなければいけないという気がしたんですよ。真夏でした。ええ、貴女がたの物語のなかの季節と同じ――。縁側から脚を垂らして、蹠《あしうら》を沓脱《くつぬ》ぎの大谷石《おおや》の乾いた表面で絶え間なく滑らせながら（そのさらさらした感じは、今でもよく覚えています）……。このときはともかくなんとか読み了えることができて、その達成感から、十四歳の誕生日を挟んで私は、続けてD氏の最後の長篇小説も読んだのでしたが――。それから二十代の前半、前世紀の終わりと、これまでに都合三回、貴女がたの物語は読んでいます。フョードル・ミハイロヴィチ・D氏の五大長篇小説の中でも、最も緊密な直進性を有した傑作として。この三度目、世紀の変わり目ちかくにした読書のときは、いつになく、分厚いノートまで用意して、その最初の数十ページに細かな感想を綴ったものでした……」

トリノの口調はかすかに熱を帯びてきた。

「三十一年前、貴女の故国で起こった――貴女の御国の言葉で〝黒い草〟という意味の村の《炉》の事故のことは、UADにおられても御承知だったでしょう？　私もそれに取材した物語を一冊、書きましたけれども――あの当時、貴女の故国で、これはD氏の小説を蔑《ないがし》ろにしてきたような政治の結果だとの声が上がったという話を聴いたことがあります」

「そうですの……」ソーニャは、ほとんど関心がなさそうに呟いた。

「しかし、ここイムペリーオ・ヤマトも、今では、それに数倍する《灰色の虹》の人類史上空前の終末的事故を起こしてしまいましたが――。UADが《H》に落とした熱核爆弾四六〇〇発分、現在までの世界のすべての核爆発実験で放出された総量を上回る〝虹色の灰〟が、今もこの国では漏れつづけています」

「それにしても……トリノさん」そこでソーニャは、痺《しび》れを切らしたように相手を遮《さえぎ》った。「貴男《あなた》はまるで、わたしたちの物語の仲間の誰かのように、ずいぶん、おしゃべりでいらっしゃるのね。いただいたお申し出では、わたしにインタヴューをなさりたいのだと――伺っていましたが？　聞き間違いだったでしょうか」

「失礼しました。私が、貴女の物語にいかに傾倒してきたかを――最初に少し、お伝えしておいた方が良いかと存じましたので」

相手はさほど悪びれる風もなく、軽く手を挙げて応じてから、不意に口調を改めた。

「昨夜も二〇〇〇年の日付のある、そのノートは一応、読み返してみましたが――私が貴女にお会いしたら何よりお尋ねしたいと考えていた問題は、結局、半世紀近く前……十四歳の時から変わっていませんでした。次の二つです。どうか、率直な物言いをお許しください――ソフィヤ・セミョーノヴナ」

トリノ・モリオはソーニャの深い青灰色の瞳を見つめ、続けた。

「第一に、貴女はなぜ、終始一貫して『神様』の使徒でいらっしゃるのですか？　まだ十代の半ば過ぎから、貧しさのために（と伺っています）貴女は、喩《たと》えようもない苦痛と屈辱に耐えなければならない境遇に身を置かれていたにもかかわらず。貴女はそうした世界の現実をそっくり『神様』の御意思として受け入れ、ただ祈りを捧げられるだけだったのでしょうか？　それでも世界は誤ってはいない――と？」

傍らの壁を見つめていたソーニャは、数秒、俯いていた後、目を上げ、低く呟いた。

「ほんとうに、貴男は――遠慮のない言い方をなさるのね。でも人は、そう前置きしさえすれば、何を言っても構わないということには、ならないのではないかしら」

トリノは、構わず続けた。

「少なくとも私は、金銭と引き換えに貴女を侮辱した男たちなど、一人残らず、許すことはできません。そして何より、貴女の苦しみや、それら影のような下劣な男たちの存在が加える行ないを、あたかも人間を輝かせる〝試煉〟であるかとするように、それをなくす方向にではなく『神様』を讃《たた》える物語の構図に安直に利用するD氏の手法に、実は根本的な疑問を感じます。……まあD氏は、貴女がたの物語の前、彼の作風の出発点となった〝地下室〟での中篇小説でも、やはり貴女がかつて身を置かれていたような境遇のヒロイン――リーザを魅力たっぷりに造形しているので、その意味ではこれは、お手の物ともいえるのかもしれませんが」

「貴男のお話は、何のことか、わたしにはさっぱり分かりませんわ」

ソーニャは「さっぱり」というところで語気を強めた。それを意に介さぬように、トリノ・モリオは続けた。

「そして第二に、いま既に百年ちかくにわたって貴女が身を寄せておられる《重力の帝国》のことを、どう思われますか？　貴女が亡命されてからのこの一世紀、貴女を庇護し、また広報官として存分に〝活用〟してきた《重力の帝国》ＵＡＤが、世界中の至るところで、どんな所業を働いてきたか？」

随行者たち三人が、三者三様の、微かな身動きをした。それに気づかぬかのように、トリノ・モリオは言いつのった。

「D氏の小説にはしばしば、子どもたちが味わう惨苦、受ける残虐の例を示し『神様』を糾問する人びとが登場しますよね。貴女の物語に続いて（私が今に到るまで、一回だけ）読んだD氏の最後の長篇小説で、兄弟の二男Iが三男Aを料理屋に呼び入れ、魚汁《ウハー》を勧めながら話す有名な場面があります。もともとD氏の小説は、神を礼讃する目的で書かれながら、実は神を否定する登場人物たちの方が真摯で、聡明で、何より魅力的だという特徴を具《そな》えているわけですが（――ほかにも、ミルク紅茶が大好きで、子ども好きで、工藝品のように見事なピストルのコレクターのK氏だとか）……私の非礼をお許しください、ソフィヤ・セミョーノヴナ。たしかにその場面で、聡明かつ真摯な二男Iは、当時の世界で子どもたちに加えられている残虐行為の例を、修道士見習いの弟、愚鈍なAに示し、『神様』とそれを讃える人びとの欺瞞を糾問しました。寒さに顫えながら〝神ちゃま〟と小さな手を合わせて懸命に祈る子どもたちが、それなのに、不当にも、いかに残酷な目に遭《あ》わなければならなかったか……。しかし、一五〇年後の今――《重力の帝国》が世界中で、何をしでかしているか。ナースィリーヤの女の児を、御存知ですか？　今世紀の初め、湾岸のある都市への殲滅《せんめつ》戦で、UADが無差別殺戮に使用したクラスター爆弾により、頭骨が脳ごとすっぽり飛び出し、頭皮は破れたドッヂボールのようにずたずたにされた、幼い彼女の写真を。愛らしい顔は寂しげに眠るように目を閉ざし、皮膚は灰さながらに蒼ざめた――」

「ああ……ああ……！　貴男はなんでわざわざ、そんなお話をわたしになさるんですの？　どうか、おやめ下さいましな！」

ソーニャは鳶《とび》色の髪を引っ詰めにした小さな頭を両手で挟み込み、まるで子どもがいやいやをするように烈しく首を振った。国務省補佐官が背後から彼女を抱きかかえ、外務省職員がトリノに憎悪に満ちた目を向け、警護係が一歩を踏み出した。

「大丈夫……大丈夫です」

三人を制したソーニャに、トリノは、ややあって言葉を継いだ。

「UADが《重力の帝国》と呼ばれる由来は、申し上げるまでもありますまい。〝万物は重力に従う〟〝重力だけが世界を支配する〟――それが、人類最強の軍事国家UADのモットーです。巨きなもの。強いもの。恵まれたもの。富めるもの。尊大なもの。残忍なもの。恥知らずなもの。鈍いもの。力こそが、この世の全てだという……。そう、前世紀の半ば、ちょうど貴女のように『神様』が好きなヨーロッパの女性神秘主義者がいて、彼女は人間を卑しめる物質的・物理的な力のことを〝重力〟と名付けました。少なくとも、私はそう理解しています。まあ、貴女とは宗派は違っていましたがね。そして私は、彼女にも批判を持っていますが」

そこで言葉を区切ってから、トリノは再び続けた。

「もちろんその前から、《H》と《N》への核爆弾投下をはじめ、《重力の帝国》のそうした行為は枚挙にいとまがなく……むろんこのイムペリーオ・ヤマトがアジア各地でしてきたことも同様です。そして前世紀後半以後、この国は、おぞましいUAD《重力の帝国》の忠実な下僕を買って出て、さらに卑劣な振る舞いをしてきた――」

「じゃあ、わたしはどうすれば良かったと、貴男は仰るの！」耐えかねたように、ソーニャは口を挟んだ。

「御存知でしょう？　皇帝陛下の御一家が、あのトロ……なんとかって人の命令で、どんな惨たらしい殺され方をしたか。そして〝鋼鉄の人〟の、血も凍る大粛清！　あの国だって、酷《ひど》いことをしてたのは、同じじゃありませんこと？　それだったら、まだしも『自由』が、たんとあるだけ、よっぽどＵＡＤの方がましなんじゃなくて？」

「だから貴女は、あのタキシードや花柄のワンピースを着、顔だけ気色悪く、つるつるに毛を剃り上げた鬱陶しい黒ネズミのつがいと張り合うように、世界中に派遣されては《重力の帝国》の宣伝に努め、軍事侵略のお先棒を担ぐ、というわけですか？　今から四半世紀ほど前、まさしく貴女の故国が〝崩壊〟する頃、私はそれを『新しい中世』の始まりだと定義する本を書いていました。そして世界はその後、いよいよそうなってきているわけですが――きっと現代は、貴女のような『神様』の好きな方たちにとっては、すこぶる生きやすくて生きやすくて、たまらない時代でしょうね」

〈どうして、この人は、こんなにわたしに絡んでくるんだろう……？〉

ソーニャはいま初めてそうするように、しげしげと眼前の男の顔を見つめた。歳は見当がつかないし、目と鼻以外は全部、黒いのか白いのかもよく分からない大量のひげに覆われていて……昔の露西亜にだって、こんな灰色熊の縫いぐるみみたいな人は、あんまりいなかった。

トリノは表情を変えずに、言葉を重ねていた。「もちろん貴女の故国も、たしかにその通りだったかもしれません。しかし私が重要だと思うのは――」

そこでトリノは、息を継いだ。

「かつて……かつて、本気で世界を変えようとした人びとが、確かにいた、という事実なんです。

貴女があんな苦しみを、辱《はずかし》めを被《こうむ》らなければならなかった、この間違った世界を――」

「世界を……変・え・る、ですって？」

ソーニャは素早く、胸元に十字を画《か》いた。

「その考えが、そもそも間違っているのじゃなくって？ この世界は神様が造られたもの……どんな姿であろうと、よしんば、どんな苦しみや悲しみがあろうと――人間の手でそれを変えようとするなんてこと自体、わたしには恐ろしい思いつきだわ」

「じゃあ別の言い方をしましょう」

トリノは数秒のあいだ眉間に指を押し当ててから、目を開いた。

「貴女がたが主人公のＤ氏の物語で、私が最も感銘を受けたのは〝選ばれた者〟などと勝手に自らを扮飾しての兇行後、彼が涵《ひた》された〝寂しさ〟――〝孤独〟です。取り返しのつかない『罪』に対する、これほどに深い、真に重い『罰』があるでしょうか。ほんとうに素晴らしい……」

ソーニャは顔を上げた。いささか意想外だったらしい相手の言葉に、その表情には怪訝《けげん》そうな困惑が浮かんではいたものの、一方でトリノの言葉にたちまち喚《よ》び起こされた一種力強い揺らめきも、そこには瞬時にして揺曳《ようえい》しているのだった。それは熱を帯び、ぎらぎらと輝くようだった。

「そうでしょう？」すでに次の瞬間、ぱっと顔を輝かせながら、ソーニャは大きく頷いているのだ。

〈……なんという、強烈な人格だろう！〉ほとんど畏怖をさえ覚えながら、トリノは続けた。

「しかし、それは『神様』のせいではないのではないかと、私は思うんです。『神様』とは関係ない。それは、あくまで『人間』のせい――『人間』であることから、彼が自ら進んで外れてしまった、そのせいではなかったのか、と。だからこそ一層、私は感動するんです」トリノ・モリオはソーニャを見つめ、一語一語を区切りように言った。

「貴女がたの物語に、ほんとうは『神様』なんて必要なかった。私は、D氏の後に小説を書こうと志した者として〝ただ人間だけで成り立つ『聖書』〟を創りたいと願ってきました」

「『神様』が要らない……？　自分が『神様』を造る――自分が『神』になる、ですって？　それじゃ、私の亡くなった夫と変わりませんわ。貴男はどうして、そんな恐ろしい考えを持つことがおできになりますの？」

「御注意ください。私は〝神〟とは、一言も言っていません――。〝ただ人間だけで成り立つ『聖書』〟と言っています」

「〝人間だけの『聖書』〟？　まさか！」

ソーニャは小さく叫びを上げ、両手を打ち鳴らした。

「なんて恐ろしい……。なんて禍《まが》まがしい……。それは傲慢というものですわ！」彼女は熱病のように痙攣し、両の拇指を顳顬《こめかみ》に突き立てた。

「世界を変えるなんて……途方もない過ちですわ。神様が創られたこの世界は、もともと完璧なんです！　大事なのは、それをわたしたちがどう受け止めるか、なんじゃありませんこと？」

通訳と編集者が顔を見合わせた。もう予定の時間だと、外務省職員が告げたのに促されるように、ソーニャも立ち上がった。

最後にトリノ・モリオが席を立ち、低く言葉をかけた。

「それにしても、なぜ不正義が恨まれないか？　世界が寛容で従順な人びとばかりになったら、さぞ『神様』と《重力の帝国》、そしてそれに付き従う者たちにとっては都合が良いことでしょう。もっとも、そうした従順さは、とっくに《重力の帝国》を進んで支える力になっているわけですが――ほかでもない、貴女のように」

「こんなインタヴューって、あるかしら！」

一刻も早くホテルに戻り、UADから携えてきた小さな聖像画《イコン》をひろげて、その前に跪《ひざまず》き、お祈りしたい――。

〈いいえ――。たぶんほんとうは、眼の前の、この心貧しい人が救われるためにも――わたしは祈ってあげなきゃいけないんでしょうけど……。たとえ、こんな人のことだって〉

ソフィヤ・セミョーノヴナ・ラスコーリニコワは、依然として自分から視線を逸《そ》らそうとしない作家に、最後に哀れむような一瞥《いちべつ》を投げつけたかった。だが、その憐憫の表情を作り上げるためには、かつて経験したことのない、思いのほか、苦にがしい努力が必要となりそうな気もした。

〈なんていう、屈辱なのかしら！〉

随員たちに囲まれてエレベーターへ急ぎながら、いまの会見の忌まわしい記憶を払い落とそうとするかのように、ソーニャは繰り返し、首を振った。

第十二話　復楽園

「よく〝良き父、良き夫である男たちが、いったん戦場に行くと途方もない蛮行に及ぶ。だから、人間を変えてしまう戦争は怖い……〟ってたぐいの俗論があるでしょう？　違うんだな、これが。ありゃ――あんなのは、まったくの嘘っぱちですね」

傍らから突然、口を切った八角五香夫《はっかくごかお》を、十瀧深冬《とたきみふゆ》はいささか驚いて見返した。その深冬の反応も織り込み済みのように、青年はかねて用意していたと思《おぼ》しい饒舌を淀みなくたぐり出す。

「実はその〝良き父〟〝良き夫〟が、もともと殺人や強姦への腫《は》れぼったい欲望を腹の底に秘めた悪党なのだ。ただ、それを平時の市民社会だの家庭生活だのでは、皮膚の下に息を殺して押し込めているだけさあね」

世界に冠たるアニメ映画制作工房《大砂塵プロダクション》ならではの役職《一言居士》に任ぜられている青年は、見ているだけで噴き出したくなるほど、ことさらぞんざいな口調と大仰な手振りを交えながら続けた。

「だから、みぃんな……内心では戦争を待ち焦がれている。それが解放される時をね。もちろん、できれば自分が死なない、傷つきもしない、一方的・圧倒的に有利な虐殺ができる戦争を、さ！」

「……そうね。そもそも親子関係や家族制度なんてもの自体が、本来、国家を支える最小単位として、十分に排他的でも、破壊的でも、暴力的でもあるわけだしね」

十瀧深冬は、八角五香夫に調子を合わせてみることにした。

「ついでに、そこにもう一つ――〝性的不均衡・不平等の恨み《ルサンチマン》〟というのも、付け加えておいてはどうかしら？　愚かな少女たちが、可哀想な青年たちのせっかくのいじらしい求愛を、身の程知らずにも〝生理的に無理、無理！〟とか、システムから与えられた思考停止の紋切型で撥《は》ねつけてみた挙句、結局は自分たちも擬似売春の市場原理の競争下、一握りの〝性的強者〟の男どもの餌食となって消費されてゆくにすぎない、今みたいな社会なら、小出しに供給されるＡＶ《アダルトヴィデオ》だの、ネット・ゲームだので、適度に刺戟《しげき》されながら、どこまでも焦らされる――実は政治に十分に操作された〝行き場のない性慾〟とやらは、いともたやすく戦争という最大の暴力のおぞましい祝祭《カーニヴァル》での、盛大な解放を冀《こいねが》うようになることでしょうよ。かつてアジア各地で、この国の兵士たちが展開した所業と同様にね」

八角五香夫は十瀧深冬を振り返り、わざとらしく肩を竦《すく》めてみせる。

「もてない男の心情を、よく御存知で！」

深冬は笑って、さらに言いつのった。

「何しろイムペリーオ・ヤマトの〝国民性〟ときたら、〝一番人気〟の道学者めいた、東北地方の仏教徒ファンタジー詩人も、沼や便所に隠れ、手を合わせて命乞いする年寄りや女を、一人一人、銃剣で〝ズブリズブリ〟と刺し殺しまくる〝夢想〟を十代の頃に陶然と綴っていた始末なんですから――。大方の〝「文学」大衆〟には、露ほども彼のおぞましい残忍さが見抜けていないみたいだけど。……何はともあれ、本物の人殺しが国家のお墨付きでさせてもらえて、罪に問われないどころか、殺せば殺すほど褒められるなんて、ここの国民には、もう嬉しくて嬉しくてしょうがないんじゃないかしら」

「いやはや。なんとも……」

《首席マネジャー》手羽元十郎慶家《てばもとじゅうろうよしいえ》は二人を見較べ、呆気《あっけ》にとられたように首を振った。

「ともあれ我われとしては、まあ、期待を少なからず上回る業績となった『愛の遺跡』の路線をさらに拡張する作品ができるなら……それで、別に文句はないわけですが」

室内は、先に席を立った青蝿肺魚海牛《あおばえはいぎょうみうし》が充満させた《火星旅行》の煙が、いがらっぽいといったらない。《大砂塵プロダクション》総帥は、なぜ選りによってこんな安煙草を吸うのだろう。そしてこの会議室は、なぜこんなに狭いのだろう……。

「そう。今回の企画は〝国民的ポルノアニメ〟企画協力者の十瀧さんへの、いわば〝御褒美〟ってわけでして」

手羽元の尻馬に乗って、腐爛丼孵卵《ふらんどんふらん》が口を挟む。この作画チーフからは会議の始まる前、きょうは〝御大《おんたい》〟は中座しましたぜ、なにせ砂摺朱美《すなずりあけみ》女史と代理店回りをするのでね――と、青蝿肺魚海牛が深冬と入れ違いに不在となった事情を説明されていた。世界に冠たるアニメ映画制作工房《大砂塵プロダクション》総帥は、どうやら新作のプロモーションに、『彼処《カシコ》ノ、匂《ニホ》ヒ』に続く第二詩集『妾《ワラハ》ノ、雫《シヅク》』がそこそこ反響を喚《よ》んでいる〝文語定型秘戯詩人〟を前面に押し出す肚《はら》を固めているようだ。

一人、マーケティング・リーダーの夜脂川蜜流《よしかわみつる》だけが、終始、深冬とだけは目を合わせようともしなかったが、これは初夏に前作の企画会議で同席したときも同じだった。

「まあ、何はともあれ戦争。戦争物ですよ」

そろそろ潮時と目星をつけたらしい《一言居士》八角五香夫が、話をまとめにかかる。

「――もう一般大衆の皆さんは、満足な葬式を出す貯金も底を突きつつあるじゃないですか？　有り難い御国に全部、すっからかんに毟《むし》り取られ尽くして……。それで国家への『人権』返納推奨、上等！　『日照税』『呼吸税』に今度は『生存税』の導入たあ……。社会保障は廃止されながら重税果てしなく、いざとなれば戦場へ！　そして、しまいには《久遠ノ宮》への合祀で永代供養。後顧の憂いもなく死ねるって寸法でさあ！」

そう引き取った八角の声音《こわね》には、だがどこかしら気後れした、しかも露骨に十瀧深冬に媚《こ》びたところがあった。一方、手羽元十郎慶家は、

「期待してますよ」

言って、深冬の肩を叩こうと伸ばしかけた手を、相手の侮蔑に満ちた冷然たる視線に出くわし、慌てて引っ込めるのだった。

「それにしても——どうするつもりなんです？」

帰路、郊外駅へ向かう田野の道で、八角五香夫は十瀧深冬に訊ねた。

「少し考えがあるの。今夜は、ちょっと厄介なメイルを作らなきゃならなくなりそうだから。ごめんね——」

「じゃあ、僕はとっとと帰って、酒でも飲みながら、貸してもらった本を読むことにしますか」

「どうしても、ってわけじゃないから。あれは今回の企画とは直接、関係ない、初期の作品だし」

「でも一応、本人に会う前に、少しは目を通しておいた方がいいでしょう」

「悪くない心がけだわ」

駅が近づいていた。自分に倣《なら》ってマスクを外した八角に、深冬は顎を上げた。青年のごく薄い髭に縁取られた唇《くちびる》の感触は、電車に乗ってからも二駅ほど、十瀧深冬のそれの上に残った。

さきほどまで、UAD《重力の帝国》新大統領の歓迎式典を麗麗しく中継し続けていたモノレール駅前広場のテレビ画面は、すでに定時のスタジオ・ヴァラエティに切り替わっていた。

「ええやん。別に、ええやん？」

——対角七〇〇センチの巨大液晶スクリーン一杯に映し出された坊主頭のお笑い藝人の、陰嚢のような緒ら顔が動き、それを口にした瞬間、数百万（か、もしかしたらそれ以上の）大衆がおのおのの受像機の前で一斉に哄笑する〝ギャグ〟が繰り返される。

「ええやん。どうでも、ええやん？」

先般、政府の青少年政策諮問委員にも任命されたこの男は、内閣総理大臣付プロデューサー某・麾下《きか》のユニット《迦陵頻伽《カリョウビンガ》512》の各「分隊」メンバーを週ごとに入れ替える趣向の自らの冠番組『〝お笑い天帝〟竹ヤンの〝アイドルだって、政治する！〟』を通じ、〝朝、鮮やかにして高く麗しい〟半島への《重力の帝国》連合軍による軍事包囲網の喫緊の必要性を、すでにイムペリーオ・ヤマト社会の隅ずみまで、存分に浸透させていた（ちなみに同番組の〝サウンド・ロゴ〟の「政治する！」の部分は、もちろん毎回三十二名ずつの「分隊」メンバーの唱和による）。

おそらく宇宙最強、世界開闢《かいびやく》以来空前の《重力の帝国》の軍事力が、僅か二十二万平方キロほどの半島を、陸・海・空……そして宇宙と電子空間から囲繞《いにょう》していた。西埜森夫《とりのもりお》は半島の一半「南《スード》」――《無窮花民国《ムグンファミングク》》の地に生きる数多くの友らの姿を記憶の奥に反芻《はんすう》した。あるいは、晩秋のこの刻限、次第に夕闇に沈みゆく一面の黄花コスモスの彼方、街衢から漂ってくる、鯨《ヂオノ》を七輪《コルロ》で焼く煙の香ばしさを。

だがしかもこの包囲は、標榜されているように必ずしも、分断された半島のもう一方「北《ノルド》」――《千里馬人民共和国《チオルリマインミンコンファグク》》を、ただこの地上から消し去ろうというがごとき、単純で粗雑なものでは到底なく、むしろここイムペリーオ・ヤマトで最も低劣で愚昧、無教養な者たちが、ただひたすら、その門地・閨閥・血縁関係によってのみ権力を掌中にし続けている国家から、七十有余年にわたり《重力の帝国》に「飼育」されてきた結果としての〝すべて〟を根こそぎ差し出させるよう、周到に仕向けるものにこそほかならなかった。そしてイムペリーオ・ヤマトに関するかぎり、その二重植民地たる《レキオ》を含めて、この場合、利益回収のための人命の蕩尽には「糸目」のつけられなくなる虞《おそれ》が、現実のものとして十分にあった。

〈〃人生の使い道がない〃などと〃ポストモダニスト〃どもが、浅はかな安逸の上に愚劣な「哲学的課題」を嘯《うそぶ》いてみせているうちに……国家の方が、さっさと命の取り立てに来たではないか〉

――イムペリーオ・ヤマトの人びとには伝わりにくい、この季節の《レキオ》ならではの荒寥たる冷え込みが、日を追って深まっていた。終焉の予感に胸を塞《ふさ》がれながら、西埜森夫が東洋最大の《重力の帝国》空軍基地のほとりの寓居に戻ると、コンピュータのアドレスに電子メイルが届いていた。

　見知らぬ差出人の名は「十瀧深冬」と綴られている。


　あちこちに鑽火《きりび》が燃え、本殿からの神楽《かぐら》の音はいよいよ高まっている。きょうは催馬楽《さいばら》が奏される区画もあって、そこではもう直会《なおらい》も始まっている気配だった。

　延髄に胡粉《ごふん》を塗《まぶ》されるような笙《しょう》・篳篥《ひちりき》の音色に縒《よ》り合わさって流れてくるのは、おのがじし『聖国臣民の誓詞』を暗誦する中学生や『大東亜聖戦詩集・詩魂翼賛』の輪読に励む高校生の声だった。後者は聖紀二六〇二年版という。

　〃虹色の灰〃にイムペリーオ・ヤマト精神で打ち克つべく《炉》の爆心地一帯へと赴く修学旅行は、いまや一種の熱狂的競争状態に陥ったかのごとき様相を呈しており、地域の壮行会で〃武運長久〃を願い贈られた襷《たすき》や千人針を携え、出発前にここでそれらの奉唱・奉読を行なうのも慣例となっていた。銀杏の木の間隠れに、揃いの白の演奏会用ロングドレスに身を包んだ〃ママさんコーラス〃《悲母女神》が歌うのは、テンポはだいぶ落としてあるが、《迦陵頻伽512》の大ヒット曲『愛国の雪・

月・花！』のようだ。配付の栞《しおり》によれば、爆発事故の初期、中和剤のボンベもろとも次つぎと《炉》に身を投げた国防軍や志願の若者たちへの手向けであるらしい。

新たな国難の深まりゆく砌《みぎり》、身の引き締まる厳かさのなかにも静謐な華やぎを漲らせて、《久遠ノ宮》秋季例大祭は、いま、酣《たけなわ》だった。

「それは、何です？」

トートバッグに入れたタブレットから、音量を極端に絞った歌声が流れているのに気づいた八角五香夫の問いに、深冬は液晶画面を示した。

「……〝ジュゼッペ・アンジェレッティ『シュトーノファイロの鐘』〟——最近は、いつもこれですね。〝終幕〟ですか？」青年は眉間に皺を寄せ、表題を読む。

「『ただ立ち去る者としてではなく』——？」

十瀧深冬はタブレットの音楽ソフトの再生を止め、青年に向き直る。《久遠ノ宮》の境内は、ただ、あれらの音曲だけになった。

八角五香夫は、おもむろに切り出した。

「彼が、わざわざ、ここを指定してきたのは……こういうわけだったんですね」

「そういうわけだったのよ」

深冬は八角に隣り合って、緋毛氈《ひもうせん》の伸べられた縁台に浅く腰を降ろした。ごく短い会見をそそくさと了《お》え、あの男が立ち去った後は、世界の温度が二度ほど下がったような気がする。

八角五香夫は手にした茶封筒の中身を、もう一度、取り出し、A４三枚ほどの文書を所在なげに繰った。十瀧深冬がかねて愛読者だったというその作家は、有り合わせという言葉を思わせる身なりで姿を現わし、ただそれのみを携えてきた書類の内容を淡淡と説明すると、今夕のフライトで《レキオ》に帰らなければならないからと、別れを告げた。

「資本主義的中世」「死の貨幣と生命資本主義」「核燃料リサイクルと〝パラレル〟の霊魂リサイクル」といった耳慣れない用語が踵《きびす》を接して現われ、最後に「〝聖戦の英霊を召還し《灰色の虹》爆心地への特攻を再編成する〟という構想の反語的ファンタジー」と、自らの持参した書面の内容を結論づけて立ち去ってゆくまで、その当人の語った大半は、《大砂塵プロダクション》顧問の理解を絶していた。ただ、その文書を精読すれば――相手が提示した構想は明瞭だった。

……あまりにも高濃度に汚染され、もはや回収不能となった遺体が累累と横たわる《灰色の虹》爆心地――なかんずくプルトニウム爆発を起こした「三号炉」を「聖地」と見做《みな》し、そっくりそのまま《久遠ノ宮》の分社として、新たな国難に殉じた愛国忠勇義士の英霊を祀《まつ》る霊廟そのものとする。その挙国一致のプロジェクトを経糸《たていと》とし、それに関わる〝人間模様〟を緯糸《よこいと》として織り成される〝スペクタクル大作〟。

そこに、くだんの「かつての聖戦の英霊をも霊媒により召還し《灰色の虹》爆心地への〝特攻〟を再編成する」「核燃料リサイクルと〝パラレル〟の霊魂リサイクル」が加わるという展開なのだが、それにしても――。

「西埜森夫には、全体の一部だけが発表された未完作品が幾つかあるんだけど、九〇年代半ばの『永遠の春』っていう中篇小説は〝生殖が国策として奨励される〟話なの」

十瀧深冬は、八角五香夫を注意深く見つめ、続けた。

「その完結篇として予告されていた小説が『復楽園』で、それを映画としてやってみませんかって提案したら――これがきたわけ。題名はもちろん『創世記』を下敷きにした、初期近代英語の叙事詩に由来するんだけど……要するに〝いまや、死を与えられ、その死すべき運命を全うすることによってだけ、人は最後の『楽園』を見出そうとしてるんだ〟って告発のようね。……どうしたの？」

「十瀧さんの思惑どおり、たしかに青蠅肺魚海牛は、自分の〝度量〟を見せつけるためなら、相当程度の譲歩はする御仁ですがね」

「さすが、よく分かってるわね。私も、そう踏んでるの」

――応じながら、深冬も西埜森夫の名前をどう扱うかは、まだ判断しかねていた。それは単に《大砂塵プロダクション》総帥の顔色を窺うだけの問題ではなく、最終的には当然、西埜自身の意向に決する事柄であり、実はそちらの方が、より厄介であるのかもしれなかったが。

「それ以上に、この企画には――」

渋い顔で考え込んでいた、世界に冠たるアニメーション制作プロダクションの《一言居士》は、深冬がこれまで聴いたことのない陰鬱な声音で呟いた。

「きっと、死者を愚弄してるとか、差別だとか、顰蹙《ひんしゅく》ものだとか――そういった声が上がることでしょうね」

深冬は面喰らった表情で応じた。

「まさか。あるのは、ただ現実への哀悼と、そう言いたければそこに生きる人間への賞讃だけよ」

「青蝿肺魚〝御大〟が、何と言うか……」青年の表情は、いよいよ険しくなっていた。

深冬は相手から目を逸らして念を押した。

「ここに別の意味を見いだそうとするなら、それこそが死者に対する冒瀆というものじゃなくて？　私はむしろ、現実の深刻さの前に、これが単純な礼讃一辺倒と受け取られることの方を怖れるわ」

八角五香夫は顔を上げ、まじまじと深冬を見つめた。

「ひょっとして——あなたは本気なんですか？」

「えっ、あなたは本気じゃないの？」

十瀧深冬は、思わず腹話術師のような声を上げた。


そのまま《久遠ノ宮》で八角と別れた後、深冬は地下鉄に乗り、コンピュータの拡張メモリを買いに〝電子街〟へと回った。

八角五香夫が示した明らかな怯懦《きょうだ》は、この青年の上に深冬が初めて見たものだった。ひとり〝電子街〟の雑踏を歩くうち、その印象はさらに強まり、十瀧深冬の心を歯科麻酔が打たれたように重くしていた。——ほどなく、恋愛関係は終了することになるだろう。

装着したヘッドフォンからは、タブレットの音楽ソフトの設定を連続再生にしてあるジュゼッペ・アンジェレッティ『シュトーノファイロの鐘』終幕のアリア『ただ立ち去る者としてではなく』が流れつづけていた。ソプラノ独唱は崔星姫《チェソンヒ》——《無窮花民国》の軍事独裁政権を逃れ、七〇年代に亡命先の中欧で、まだ四十歳にならぬうちに客死した声楽家である。

虹が　夕空に薄れてゆくように
夕映えが　宵闇に呑み込まれてゆくように
私はまもなく　息絶えるだろう

けれど　私は残したい
あなたの耳の底深く
私の跫《あしおと》を

ただ　立ち去る者としてだけではなく
この星に生きた
証に

崖の歌声に合わせて微かにハミングしながら、どの電器店にも入らぬまま、ただ櫛比《しっぴ》するビルの極彩色の電飾が、どこか遠い南洋の海中の発光性プランクトンのように瞬《また》き犇《ひし》めく、そんなあわいに、むろんのこと厖大な電子信号が飛び交っているはずの街並みを――十瀧深冬は歩きつづけた。
そうしているうち、不意に前方の人混みが、水の退くように分かれる気配がする。

「警察、呼んでもいいですよ！」

……まだ二十歳前後の、ひどく肥満した男が一人、白豚のように全裸で、履き物も履かぬまま、よろけるように小走りにこちらへと向かってくる。身体中から流れる血は、部位によってはほとんど噴き出すほどにもなっていて、それは両手の指の間に何枚かの安全剃刀の刃を挟み、それで我と我が身を傷つけているせいであることが判った。そうして烈しく泣きじゃくる、その合間合間に、

「警察、呼んでもいいですよ！」

「警察、呼んでもいいですから！」

そう、間歇的に口走るのだ。男はたしかに全裸だったが、その肥満のせいか、性器は正対する深冬からも見えなかった。男の上膊部や腿、腹や尻には何枚か、安全剃刀の刃が食い込み、いまにも落ちそうに下がったり、二つに割れたりもしている。よく見ると、男の背後の道路には柄杓《ひしゃく》で打ち水をしたように黒っぽい細かな血痕が飛び散っていた。

コンピュータやゲームソフトを買いに来ていたはずの人びとは最初、半ば茫然として、いったんは男を見送るものの、すぐ気を取り直したらしく、慌てて携帯電話やタブレットを摑《つか》み出し、追い縋《すが》るようにしては、我先にと男の姿を撮影するのだった。そうして撮影しては、どこか、知人の電子メイル・アドレスやインターネットのサイトにそそくさと写真を送るのだろう、入り乱れる送信音と着信確認音が、驟《しゅう》雨《う》のようにあたり一帯に立ち籠め、鳴り止まなかった。

〈世界は必ず滅びるでしょう。少なくともこの国は――。こんな国が存続していては、他の地の人びとの苦しみに申し訳が立たないもの〉

――十瀧深冬にとって、かつてはあくまで一種甘美な夢想にすぎなかったその考察は、今はむしろ、緊急の救済ででもあるかに思われた。あたかも、窒息しようとする人が必死で酸素を求めるような。

「いいんですよ！」

「警察、呼んでもいいんですってば！」

全裸の男は叫びながら、深冬の背後へとよろけ、去っていった。それをさらに追って、何十人かが他の通行人としたたか、ぶつかりながら移動し、そのつど怒号と悲鳴が飛び交い、止むことなく電子音が響きわたり続ける……。

男が繰り返し、口にする警察車輌、ないし救急車のサイレンは、いつまで経っても聞こえてくる気配がなかった。

第十三話　世界終了スイッチのために

世界とは、このように音もなく変わり得るものだったのか――。

西埜森夫《とりのもりお》は、隠微に湿ってしかもざらざらする「独裁」の空気の毳立《けばだ》つ手触りが、貝の身に残った砂のようにうとましく舌先に嘗《な》め当てられる気がした。

いかにも、風景の表層の大半は、それまでとさほど変わっていないかに見える。しかし変わらずに見えるという感覚それ自体が、実は不可逆点を過ぎた決定的な「変化」を示しているのだという奇怪な事態が、すでに急速に進行していた。

だがそれは、この七十有余年、現実総体の底を伏流水のように流れ続けていたものが、いまついに地表に溢れ出た結果にすぎないともいえたのかもしれない。本来、あの戦争は一九四五年、《重力の帝国》がその利用価値を考慮の外に置いていたら、ここイムペリーオ・ヤマトに棲息していた総員の、唯唯諾諾《いいだくだく》とした絶滅によってこそ、終熄《しゅうそく》していたはずだったのだから。

十一月。西埜森夫が、夫を亡くして以来、独居となっている母の様子見に赴いたイムペリーオ・ヤマト中央高地は、ただ色彩の滝のような、化石した花火のごとき紅葉・黄葉だけが、幾重にも、爆発的に、音もなく世界を彩っていた。むろん人類の出現前の生態系は、さらに――とりわけ現在とは巨きく異なっていたに違いない。太古の、想像を絶する異形《いぎょう》の動物たちの前に、今よりも遙かに豪奢だったはずの絢爛たる植物相が氾濫《はんらん》していたにちがいない。

ところでこれら、いまだなお豊麗な生命の爛熟の片鱗をかろうじて留める晩秋の植物相の生命力が横溢した光景の映ずる西埜自身の視覚はといえば、あの春から夏にかけて始まり、硝子体《しょうしたい》の内部で、いよいよその数を増す老廃赤血球の不規則な運動と、間歇的《かんけつ》に襲ってくる眼球表面の灼熱感によってしばしば障碍《しょうがい》され、眼を開けているのにすら著しい困難をきたしているのだった。熱傷に似た慢性的な皮膚症状は四肢のあちこちを穿山甲《せんざんこう》のそれのように肥厚させ、時に思いがけない出血をもたらした。

――西埜の場合、《レキオ》への「避難」は、明らかに遅すぎた。しばしば「個人差」の言われる〝虹色の灰〟の影響に、すくなくとも敏感な体質の持ち主としては。

だがそれでも、人はかろうじて生き存《なが》らえているだけで良しとしなければならなかったのかもしれない。このかん既に同年代の、ないしは西埜より、はるかに若い友人知己が幾人、主として循環器疾患に因る突然の死を遂げていたことか。

《重力の帝国》ＵＡＤにより、Ｈ市に対し、世界で最初に「実戦使用」されたウラン型爆弾に換算して四六〇〇発分、それまで史上最悪だったユーラシア大陸中央部〝黒い草〟の事故の四・二倍……ぶざまに口を開け、四本の《灰色の虹》を生やした四基の「炉」から大気中に飛散し、海洋に流出させられた〝虹色の灰〟は、これまで地球上で行なわれた全ての核実験で生成した総量をはるかに超え、人口動態から、この六年半で、イムペリーオ・ヤマトのアジア太平洋侵略戦争を通じての、この国の軍人軍属・民間人の犠牲者総数の三割に匹敵する死者を出していることが、篤実な科学者によって報告されていた。しかもその報告は、この国において、ほぼ完全に黙殺されていた。

〈加えて、イムペリーオ・ヤマトにこの破局をもたらした巨大プロジェクトもまた、すべて戦勝国たる《重力の帝国》ＵＡＤに主導されたものだったのだというのだから……〉

かつて前世紀の末葉、《Ｈ》と《Ｎ》二都市に加えられた核攻撃の生存者、男女・各二名を伴い訪れた《重力の帝国》での数週間の、まぎれもない悪夢のごとき息苦しさが、西埜森夫の脳裡にまざまざと蘇ってきた。出発前、空港での初対面に際し、おのおの自己紹介を、炸裂した熱核爆弾の爆心地との距離と共にする四人の姿に、当時、西埜は打たれたものだったが――。

「そうかあ……いよいよ、戦争かあ！」

スマートフォンのニュース画面から顔を上げた作画チーフ・腐爛丼孵卵《ふらんどんふらん》は、欠伸《あくび》するような叫びを上げた。

「どうせ俺たち、長生きはできないもんな。〝虹色の灰〟も、たんまり吸いこんじゃってるし――。

だったら、もう死んでもいいわ。やったろうじゃないの！」

聞けば先刻、既に両院議会の無期限「閉鎖」、《聖上》の「国事行為」の機能停止を閣議決定している内閣が「国防軍」全軍の指揮権をＵＡＤ大統領に「無条件全面移譲」する最終確認も、間髪を入れず閣議決定した模様だという。

「どんと来い、第三次世界大戦――ってね！」

そんな作画チーフに構わず、

「何はともあれ、よく酉埜さんの原案提供承諾が得られましたな」

手羽元十郎慶家《てばもとじゅうろうよしいえ》は、そればかりを繰り返していた。

総帥の青蝿肺魚海牛《あおばえはいぎょうみうし》と、とある雑誌の対談で「大喧嘩」になったという曰く付きの作家が、今回、十瀧深冬《とたきみふゆ》の提案した企画――〝国民的ポルノ・アニメ〟『愛の遺跡』の続篇に協力することになったというのは、練達の《大砂塵プロダクション》首席マネジャーにも、よほど意外だったらしい。

「御手柄ですぞ、十瀧さん」手羽元十郎慶家は、時代劇の城代家老のように唸ってみせる。

「こちらこそ。総帥のご承諾を、取り付けていただいて……」

それはある意味、本心からの感謝でもあった。まだ彼らには報告していなかった〝ニュース〟を思い出して、深冬は言い添えた。

「来週、最終場面のアフレコには、おいでになるそうですよ――酉埜さん。はるばる《レキオ》から」

「へえ！　まさか先生、御来臨とは――」

それまで、常に変わらず押し黙っていたマーケティング・リーダー夜脂川蜜流《よしかわみつる》が、そのとき初めて深冬の言葉に反応し、かすかな呟きを漏らした。

「なんか、展開の速さに、ついていけない……」腐爛丼孵卵が分別臭く、大仰に首を振ってみせる。

「お疲れさまでした」

打ち合わせのあいだ一言も発さぬまま、一同が退席した後もまだ会議室に残っていた八角五香夫《はっかくごかお》が、ようやく、おずおずと深冬に声をかけてきた。

「いずれにせよ、政府にここまでされても、まだ何もしない国民というのは……。壮大な〝沈黙の劇〟ですね。何せ、有権者の半分しか投票に行かず、全国民中、最低の連中が、ただ門地・閨閥・血縁に縋《すが》って権力を恣《ほしいまま》にしているんですから。ＵＡＤの、属国ですらない――この属領たる愚民国家は。いや……奴隷国家かな」

深冬は応じた。

「いま漲ってる〝開戦気分〟からすれば、今度の企画も必ず各企業や関係省庁の後援を取れるでしょう。そこに西埜森夫は、まったく逆のメッセージを潜ませるつもりでいるみたい。どこまでカムフラージュし通せるかしら。難しいでしょうね……。でも、私はできるだけ応援するつもり」

世界に冠たるアニメーション映画制作プロダクションから《一言居士》のポストを与えられている青年は、数秒、押し黙った後、顔を上げた。十瀧深冬は続けた。

「それから、あなたと私の恋愛は終わりにしましょう。その方が、良いと思うの」

「諒解です」

頷いて、青年は一瞬、泣きそうな表情を浮かべた。

昼夜を問わず、ＵＡＤ《重力の帝国》の最新鋭ジェット戦闘爆撃機の「訓練飛行」が頭上を圧する。爆音に押しひしがれそうな《レキオ》の寓居で、西埜森夫は過去九箇月にわたり、首都で発行される週刊誌に毎月一篇ずつを発表してきた、極度に超高圧縮のかけられた掌篇小説――個別には掌篇だが、全体としては連鎖状の長篇小説となる連作の最終話を綴りつづけていた。

思えば、明瞭に回顧できる。ちょうど半世紀前のある真冬の夜半――中央高地の古ぼけた家の一隅でその作業を始めて以来、さまざまな机に向かって、安下宿の炬燵板の上で、病床で、戸外で、西埜は結局、たった一つのことしかしてこなかったのだ。それは総体としてはむろん惨憺たる徒労だった。だが、そう見做《みな》すだけで済ませてしまうことが、おそらくは適切ではない側面もあった。

十二歳の冬から、西埜にとって、書くべきはただ「世界」と自らとの関係以外になかった。「世界」が観念か？　いや。けだし、今や「世界」は何十種類もの〝虹色の灰〟として、西埜自身の血管を滔滔《とうとう》と流れ、全身の細胞を損傷しているではないか。これほどの「実体」が、ほかに在り得るか？

ところが、まさに《灰色の虹》について口にした瞬間――人びとはたちまち干魚《ほしうお》の眼になって、何も聞こえなかったふりを装うのだ。その、触れるそばから含羞草《おじぎそう》の葉が閉じてゆくような反応の速さには、愕然とさせられるものがあった。

そんな偽りの国の（ないしは世界の）ギルドの〝書き割り〟の序列に、空洞たるを事とする木偶《でく》のような舌足らずの〝文学幇間〟たちが居並ぶ。なればこそ西埜森夫は、さながら外套を着込んだように自らについて回る透明な檻《おり》の中で、この物語を綴らねばならぬのだった。

もはや、この国の箍《たが》は完全に外れていた。世界の度し難さは、飽和点に達していた。にもかかわらず、人びとは座視し沈黙していた。

——世界は存続に値するか？　だが、それに値しようとすまいと、あとしばらくは否応なく存続するのだろう。苦しむ者はますます苦しみ……そして、その苦しみを与える者は、最後の最後まで、それら人びとの苦しみを享楽したまま。


底なしの青空に拡がる罅《ひび》のような冬木立の、梢の輪郭を截《き》り取る光の散乱の眩《まばゆ》さが、二人の眼を射た。酉埜森夫はきつく瞼を閉ざし、十瀧深冬は網膜にたゆたう暗い残像を追いやりながら、静かに切り出した。

「先日は、あまりお話できなくて……。〝水鳥のいる公園〟が、お好きなんだと——たしか」

「ずいぶん古い本を、お読みくださったんですね」

陽に温められた木製のベンチに並んで掛けながら、前方で、制御されたプログラムに従っているのだろう、刻刻と水の形を変えてゆく大噴水に、十瀧深冬は、かつてどこかで——もしかしたら、この場所で——同じ光景に立ち会っていたような気がした。

「最近、しきりと二十代の頃のことを思い出すの。歳かしらね」

「実は私もそうです。ただそれは、現在のすぐ隣に——たぶん現在と一緒に在る」

亜鉛色に塗り込められた曇天から糸屑のような雪が絶え間なく舞う中央高地の冬しか知らなかっ

た酉埜は、二十歳過ぎ、初めて過ごした首都の年明けの呆れ返るほどの晴天の続く日日に、茫然としたという経験を語った。その記憶は、山陰出身の深冬もよく似ていた。

「それにしても」作家は数秒、言い淀んで続ける。

「いつも思うのですが、こういう世界の到来を阻止するために――私たちは生きてきた筈でした」

長い沈黙の後、十瀧深冬は口を開いた。

「酉埜さんの文章に、よく出てくる――」かねて訊きたかった質問を持ち出してみたのは、なぜか、いまこの時間を措《お》いてはその機会がないような思いに駆られたからだった。

「〝絶対に連帯し得ない差別〟って、なあに？」

「いや……」相手は、あまり気が進まない風だった。「その話は、今はやめましょう」

「じゃあ――恋愛話でも」

「そういう話も、今は」

「できる話が、限られちゃうわね」

深冬が苦笑すると、つられたように酉埜も破顔し、思いのほか快活な笑い声を上げてから――つけ足す。

「ただ〝どんな種類の差別であれ、人は、ついに一人でしか差別され得ない〟とも――私は書いていると思いますが」

「〝人が一人でしか死ねないように〟でしょ？」

きょうで会うのが二度目の作家は、深冬を振り返り、小さく頷いた。

　酉埜森夫と明日の手筈を確認しての帰路、最寄り駅を出た深冬は、奇妙に馨《かぐわ》しい匂いに足を止めた。アーケードを一本隔てると日雇い労働者のための簡易宿泊所が続く一角に、今年も、先週から石油罐が出され「ひと当たり五十円」の焚火が行なわれている。

　いつもは廃材から飛散する〝虹色の灰〟を懸念して遠ざかっていたその火に、ふと深冬は当たってみたくなった。

「あったまらせて下さいな」

　火の番をしている男に金を払い、焔《ほのお》に手をかざしていると、

「ほれ――」

　深冬のマフラーとカーディガンの隙間からブラウスの胸ポケットに、隣から誰かが、何かを挿《さ》し入れる。

　見ると、界隈で毎日、廃品回収のリヤカーを三輪自転車で牽《ひ》いている年配のおばさんで、くれたのは鯣《するめ》の脚の一本だった。手にした鯣を自分でも、ちぎっては焚火で炙《あぶ》り、口に運んでいる。

「ありがとう」思わず深冬は、声を詰まらせた。

「どうしたのさ？」相手は怪訝《けげん》そうに、もう一切れ、今度は鯣の胴の方を裂いてよこした。

　氷雨の中、辿り着いた都心の貸スタジオでは、ガラスの方舟のような空間に《大砂塵プロダクション》から手羽元十郎慶家と夜脂川蜜流、腐爛井孵卵の三人と、初対面の二人の声優――そして酉埜

森夫が、十瀧深冬を待っていた。深冬は一人離れたソファの西埜に目礼し、その隣に席を占めた。

原案提供者の作家は、きょうもやはり〝有り合わせ〟という言葉を思わせる服装で、真冬だというのにパイント・グラスのアイス珈琲を傍らに置き、何も加えないままらしいそれを、大事そうに飲んでいる。意向を尋ねてきた腐爛丼孵卵に、深冬は紅茶を頼んだ。

腐爛丼が今夜の進行の説明を手早く了《お》えると、男女の声優――共に同じ小劇場《木炭座》所属の木乃思惟子《きのしいこ》と知里時男《ともさとときお》とは、録音ブースに入った。〝国民的ポルノ・アニメ〟『愛の遺跡』『復楽園』二部作のラストシーン――《灰色の虹》の蔓延と核燃料リサイクル施設の破綻とで終末的状況に瀕した北半球が、あらゆる「弱者」を淘汰した果ての性の狂宴《オルギエ》の「波動」で突然、一時的に「救済」されるという本篇の結末の、その後にさらに置かれた「終章《エピローグ》」の音声収録である。


それまで、十三・十四世紀の中国の山水画と花鳥画に、露西亜聖像画《イコン》、南欧のフレスコ画からの「引用」が〝万華鏡のごとく〟象嵌《ぞうがん》され、精緻を極めた砂曼荼羅《すなまんだら》が容赦なく破壇《はだん》される映像を逆回しするかのような極彩色の場面が次つぎと湧出《ゆうしゅつ》していた本篇とは打って変わって……大型の液晶モニタでは、ほとんど闇に沈み込んだ視界の底から、かぼそい雨音が響いてくる。スタジオの外と同様、画面の中にも雨が降っていた。

――だが目を凝らしていると、雨に降りこめられたその闇の底からは、次第に大小幾つかの人影が浮かび上がってくるのだ。それは男女二人の大人と四人ほどの子どもで、彼らは暗いガード下のような場所に並び、懸命に何かを訴えている。大人二人はいずれも、首から画板のごときものを提げていて、どちらの上にも、小さな函《はこ》状の物体が置かれていた。皆、服装はひどくみすぼらしい。

リハーサルが始まった。子どもたちの声は、後から別録音で被《かぶ》せることになっている。

木乃思惟子演ずる《世界卵の女王》と知里時男の《惨苦の王》とが、代わる代わる叫ぶ――。

〝押してください、このスイッチを。こんな世界は、もう終わりにしましょう！〟

〝世界を終わらせるスイッチです。押した人が一定数に達すると、世界は終了します〟

――〝画板〟の上の二つの小函が、どうやらそのスイッチであるのらしい。

〝署名してください。スイッチを押してください。こんな世界を終わらせましょう〟

〝署名してください。このスイッチを押してください！　世界を終わらせるスイッチなんです！〟

「ぶっちゃけ、僕……このシーンの意味が、いまいち、ピンと来ないんですが」

硝子テーブルに紅茶の紙コップを置いた腐爛丼孵卵が、十瀧深冬の、西埜森夫のいるのとは反対側の耳もとに囁いた。

「せっかくの絢爛たる性愛の狂宴の、その大団円の後に――こんな惨めったらしい絶望的な場面を、なぜまた、わざわざ付け足す必要があるんですか？」

「絶望的……？」深冬は腐爛丼を振り返った。

「そうですよ」作画チーフは昂然と応じる。

〝何か、音楽がほしいなあ。後から消してもらってもいいから――今、ここで〟

そのとき、一回目のリハーサルを済ませた知里時男が、ブースの中から声をかけた。傍らの木乃思惟子も、しきりに同意している。

《大砂塵プロダクション》の面面が、申し合わせたように十瀧深冬を振り返った。

「分ったわ」深冬は頷いた。「待ってね」

トートバッグから取り出したタブレットを開き、インターネットに接続する。――登録済みだった動画サイトは、検索のいちばん上位に出てきた。腐爛丼に断って録音ブースに入室し、十瀧深冬は液晶画面の再生マークに触れた。


突如、空気が顫《ふる》え上がるような美音が轟きわたる――。


当の深冬も、これまで何度か試聴した時、この動画からこれほど鳥肌立つ音色を聴いた記憶はなかった。狭い録音ブースの内部での共鳴は、予期を超え、おそらく本来の音源以上の何重もの倍音を響かせているのだろう。それは十瀧深冬自身、一種恐怖を覚えるほどの音色となって、いまや、このガラスの方舟のようなスタジオ全体を震撼させていた。

朴銀烈《パクウニョル》作曲『冬の無言』、嬰ハ短調・作品番号《オーパス》五三――。単一楽章だが、未完だった絶筆の最後の二十小節を、作曲家の遺したスケッチをもとに、唯一の教え子だったピアニスト・李瑛花《リヨンファ》が補筆、完成させた無伴奏チェロ・ソナタである。地下潜行中、ゆかりの旅人宿《ヨインスク》の座卓の抽斗《ひきだし》から、官憲が捜索に突入する直前、同志の手で奇蹟的に確保された遺稿の譜面冒頭、四個の♯の上に、朴自身により鉛筆で走り書きされていた発想記号は「陰鬱《ネルブーヨ》に。ただし《マ》、世界への哀惜を込めて《コンピエタデルモンド》」――。

朴銀烈は《無窮花民国《ムグンファミングク》》第四共和制の軍事独裁政権下、政治犯として逮捕され、拷問の果て、絞首刑に処された。この曲の終結部は、処刑直前、朴が、両手を縛《いまし》められていた針金の尖端で自らの掌を傷つけ、刻んだ循環主題を、遺体を引き取った李が発見して五線紙に書写、友人のチェリストの助言を得て構成したものだという。

その李瑛花もまた、恩師の絶筆を完成させた直後、同国の第五共和制への移行期、戒厳軍により捕えられ、他の何人かの市民と共に街頭で銃殺される。軍事法廷の形式すら踏まぬ殺害だった。

――演奏時間五分ほどの小品は、本国と異なり、イムペリーオ・ヤマトではほとんど知られていない。そしていま、十瀧深冬が再生している音源は――調整室のガラスの向こう、アイス珈琲のグラスを手にした西埜森夫によるチェロなのだ。先夜遅く、彼の名でインターネットを検索していて思いがけず動画を見つけた、それは七年ほど前の西埜自身の小さな講演会の冒頭での企画だった。

自らの演奏であることには、当然、気づいている筈だ。それなのに――西埜の表情は、いささかも変わらない……。

その瞬間、不意に十瀧深冬には、いっさいが諒解されたのだった。西埜森夫は――西埜の自作の形容に倣《なら》うなら、二十一歳でのデビュ以来、この国の「地下」と「深夜」に発光を続けてきた《禁作家》は――今回、これら一連の企画のすべてを侮蔑し、唾棄し、最終的に否定し去るために〝協力〟することに応じたのだ、と。もしかしたら……イムペリーオ・ヤマトのありとあらゆる現在をも、否《いな》もうとして。

そして、分かったことは、それだけではなかった。

〈作画チーフ。あなたは「絶望的」と言ったわね？〉

十瀧深冬は、ガラスの向こう――腐爛丼孵卵に目を転じた。

〈違うの。これは「希望」なのよ。『復楽園』終章で泣きじゃくりながら「世界終了スイッチ」を押してくれって、空しい哀訴を続ける――あんなにも惨めな、あんなにも痛いたしい人びとの姿に、西埜森夫が託したものは〉

〝押してください〟

〝ねえ。どうかスイッチを押してよ。こんな世界を滅ぼすための！〟

――《惨苦の王》と《世界卵の女王》との呼びかけには、心なしか、徐徐に熱が籠もってきたようだ。

『冬の無言』の循環主題が終結部に入った。十瀧深冬は、このスタジオを、自分や西埜……いま居合わせる一同がその内部に微睡《まどろ》む、何か、巨きな繭《まゆ》のようにも感じた。

〈まさか――。まるで、これからもう一度、世界と……私たち自身が、蘇りでもするみたいに？〉

街にも、画面の中にも、雨が降りしきっていた。

今は、ただひたすら、世界が懐かしかった。

初出一覧

序　章　　長篇小説『オーロラ年代記』第一回（季刊「批判精神」創刊号／一九九九年三月）から
第一話　原子野の東　「週刊金曜日」二〇一七年三月一七日号
第二話　久遠ノ宮ヨリ……　「週刊金曜日」二〇一七年四月二一日号
第三話　五月の旗　「週刊金曜日」二〇一七年五月二六日号
第四話　人間の類似性について　「週刊金曜日」二〇一七年六月二三日号
第五話　愛の遺跡　「週刊金曜日」二〇一七年七月二八日号
第六話　かくも才能溢るゝ同時代者らと共に生きる倖せ　「アート・トップ」二〇〇八年三月号
第七話　重力と寛容　本書のための書き下ろし
第八話　人権の彼方へ　「現代思想」二〇〇八年七月臨時増刊号
第九話　強制和解鎮魂祭　「週刊金曜日」二〇一七年八月二五日号
第十話　亜鉛の森の子どもたち　「週刊金曜日」二〇一七年九月二九日号
第十一話　二〇一七年のソフィヤ・セミョーノヴナ　「週刊金曜日」二〇一七年一〇月二七日号
第十二話　復楽園　「週刊金曜日」二〇一七年一一月二四日号
第十三話　世界終了スイッチのために　「週刊金曜日」二〇一七年一二月一五日号

後記

この本を手に取っていただき、ありがとうございます。

二〇一一年「3・11」以後の六年間、ゆくりなくも私の著述活動は、もっぱら批評に集中してこざるを得ませんでした。しかし、昨二〇一七年、ようやく小説制作に〝復帰〟し、作品によっては二十年来の構想・草稿に形を与えることができました。何はともあれ、嬉しく思っています。

同時に「あの日」から七年が経つことにも、改めて茫然とします。「あの日」は、私のそれまでの「生」の時間を決定的に前後に分かつものでした。しかも事態は加速度的に悪化の一途を辿っており、「あの日以後」の時間が完全に終熄することは、おそらくないでしょう。本書を編む所以《ゆえん》でもあります。

収録作品について——。

Ⅰ「灰色の虹」とⅢ「冬の無言」とに半分ずつを振り分けた十篇は、「初出一覧」に示しているとおり、昨年三月から十二月まで「週刊金曜日」に月一回、連載『重力の帝国』として発表したものです。毎回、見開き二ページというレイアウト上の制約から、割愛・削減しなければならなかったテキストを、本書への収録にあたり、全面的に復元しました。

Ⅱ「遠い腐刻画」のうち、第六話『かくも才能溢るゝ同時代者らと共に生きる倖せ』と第八話『人権の彼方へ』は、いずれも「3・11」をはるかに遡る作品です。しかし、ほかならぬその故に、これら二篇については、用語や表記の統一を図るに留め、掲載形のままとしました。また第七話『重力と寛容』は、本来、別に独立した一冊を構成すべき内容から、本書への書き下ろしを抽出しました。
「序章」には、未刊の長篇小説『オーロラ年代記』の冒頭部分を、若干、使用しています。

総タイトル「重力の帝国」は、シモーヌ・ヴェイユ Simone Weil（一九〇九年～四三年）の遺稿集『重力と恩寵』La Pesanteur et la Grâce（一九四七年）を念頭に置いています。この思想家に対する私の肯定的とは言えない見解は、『「新しい中世」がやってきた！』（一九九四年／岩波書店刊）に述べたとおりですが、その上でなお彼女の文脈での「重力」の概念には触発されるものがありました。
副題「La Imperio de Gravito」（ラ・イムペリーオ・デ・グラヴィート）は、「重力の帝国」のエスペラント訳です。

ちなみに、第十話『亜鉛の森の子どもたち』に登場するジュゼッペ・アンジェレッティの歌劇『シュトーノファイイロの鐘』、第十二話『復楽園』でその終幕のアリア『ただ立ち去る者としてではなく』を謳う歌手・崔星姫《チェソンヒ》、また第十三話『世界終了スイッチのために』の朴銀烈《パクウニョル》・李瑛花《リヨンファ》の無伴奏チェロソナタ『冬の無言』……等等は、お気づきのとおり、人名・題名・引用歌詞を含め、他の諸もろと同様、いつものようにすべて私の「創作」であり、実在するものではありません。以前、私が短篇小説集『悲惨鑑賞団』（一九九四年／河出書房新社刊）のなかで繰り返し響かせた「オットー・オッペンハイマー（一九〇九年―六七年）の前期の秀作、十二音技法による『弦楽四重奏とオーボエ、ファゴット、ホルン及び具体音記録テープによる組曲――〝誰のものでもない惨苦〟のために』（一九四六年／作品番号三七）」の記述から、同書を読後に苦労してその楽曲のCDを探して回られたという読者がおられたことがあり、念のため、ここでお断りしておく次第です。

　これに対し、第三話『五月の旗』での、掛け絵《コルゲクリム》『錦繍三千里《クムスサムチオルリ》、断ち割かれた《クノハレエヂン》民《ペクソンイ》が再会し《チェフィヘ》……』をめぐるエピソードが、私の畏友――全情浩《チオンヂオンホ》（전정호）さんと李相浩《イサンホ》（이상호）さんの共作『白頭《ペクトゥエ》の山裾《サンヂアラガレ》のもと、明け行く統一の未来よ《パルガオヌントンイレセナリヨ》』백두의 산자락아래 밝아오는 통일의 새날이여（一九八七年）に基づくことは、私の現在までの著作をお読みくださっている方がたは、お気づきかと思います。

装画について。カバー・表紙は、私自身の腐蝕銅版画《エッチング》『「世の終わりの四重奏」のための九つのヴォカリーズ』第九番「夢の化石」（一九八六年）を、本扉は、同じく私の素描連作『病める世界のために』（一九八六年）を使用しました。いずれも三十年以上前の旧作ですが、私において造形表現を言語表現に干渉させないためには、それだけの時間を経たものを用いる必要がありました。

　本書の成立にあたり、まず機軸となった『重力の帝国』全十篇の連載に関して、困難な企画を実現してくださり、終始、ひとかたならぬ御尽力をいただいた「週刊金曜日」編集長・小林和子さんに、厚く御礼申し上げます。

また『人権の彼方へ』を掲載していただいた月刊「現代思想」編集長（当時）池上善彦さん、美術にまつわる連作小説『虹の腐刻画』の一篇として『かくも才能溢るゝ同時代者らと共に生きる倖せ』を掲載していただいた隔月刊「アート・トップ」編集長（当時）根本武さんにも感謝申し上げます。

最後に、この困難を極めた時代のなか、いつもながら徹底した作り込みの機会を提供していただき、万難を排して本書を刊行してくださるオーロラ自由アトリエ代表・遠藤京子さんに、深謝します。

それでは、本書が出会うべき読者おひとりおひとりに、この、現在以降の世界における「希望」についての物語が――たとえ、少なからぬ時間を要するとしても――届くことを願っています。

……あるいは、ここで私が提示した物語が「希望」に関するそれらであるということを、訝しく思われる方もいらっしゃるでしょうか？　しかし私にとっては、世界が疑いなく暗いものであるとき、その暗さに正面から、どこまでも向き合いつづけることだけが、ほんとうの意味での「希望」なのです。そしてこうした考えは、実は私が小説を書こうと志した十代初めの頃から、たぶん一貫して、変わっていないような気がします。

二〇一八年一月二十八日

山口　泉

山口泉（やまぐちいずみ）

作家。1955年長野県生まれ。1977年、東京藝術大学美術学部在学中に中篇小説『夜よ 天使を受胎せよ』（未刊）で第13回太宰治賞優秀作を得、文筆活動に入る。
SHANTI（絵本を通して平和を考える会）アドヴァイザー。「小諸・藤村文学賞」銓衡委員。同志社大学メディア・コミュニケーション研究センター嘱託研究員。日本文藝家協会会員。日本ペンクラブ会員。
現在、同時代批評『まつろわぬ邦からの手紙』を『琉球新報』に毎月、美術批評『光源の画家たち——東アジア「民衆美術」の現在』を『図書新聞』に不定期連載中。

著　書（以下には、単著のみを掲げる）
『吹雪の星の子どもたち』（1984年／径書房）
『旅する人びとの国』〈上巻〉〈下巻〉（1984年／筑摩書房）
『星屑のオペラ』（1985年／径書房）
『世の終わりのための五重奏』（1987年／河出書房新社）
『宇宙のみなもとの滝』（1989年／新潮社）
『アジア、冬物語』（1991年／オーロラ自由アトリエ）
『ホテル物語——十二のホテルと一人の旅人』（1993年／NTT出版）
『悲惨鑑賞団』（1994年／河出書房新社）
『「新しい中世」がやってきた！』（1994年／岩波書店）
『テレビと戦う』（1995年／日本エディタースクール出版部）
『オーロラ交響曲の冬』（1997年／河出書房新社）
『ホテル・アウシュヴィッツ——世界と人間の現在に関する七つの物語』（1998年／河出書房新社）
『永遠の春』（2000年／河出書房新社）
『神聖家族』（2003年／河出書房新社）
『宮澤賢治伝説——ガス室のなかの「希望」へ』（2004年／河出書房新社）
『アルベルト・ジャコメッティの椅子』（2009年／芸術新聞社）
『原子野のバッハ——被曝地・東京の三三〇日』（2012年／勉誠出版）
『避難ママ——沖縄に放射能を逃れて』（2013年／オーロラ自由アトリエ）
『避難ママ——沖縄に放射能を逃れて』音訳版CD（2013年／オーロラ自由アトリエ）
『辺野古の弁証法——ポスト・フクシマと「沖縄革命」』（2016年／オーロラ自由アトリエ）
近　刊
『翡翠の天の子どもたち』〔『吹雪の星の子どもたち』二部作・完結篇〕

その他、主な単行本未収録作品に、信濃毎日新聞（1991年〜2006年）連載・同時代批評217篇、長篇小説『オーロラ年代記』（季刊「批判精神」連載中断）、『「日本文学」の世界戦のために』（季刊「文藝」連載）5章、「『正義』と『平和』」（「同志社メディア・コミュニケーション研究」）をはじめとする日本文学論・世界文学論多数、原爆論、現代韓国論、現代東アジア民衆美術論、河出書房新社『松下竜一その仕事』全30巻・全巻個人解説、書評・テレビ評・文化論、アルベルト・ジャコメッティ論、魯迅論等がある。

ウェブサイト『魂の連邦共和国へむけて』 http://www.jca.apc.org/~izm/
ブログ『精神の戒厳令下に』 http://auroro.exblog.jp/
ツイッター　https://twitter.com/yamaguchi_izumi

重力《じゅうりょく》の帝国《ていこく》

2018年3月11日　第1刷発行
2018年3月30日　第2刷発行

定価　2000円（＋税）

著　者　山口　泉
発行者　遠藤京子
発行所　オーロラ自由アトリエ
〒904-0003 沖縄県沖縄市住吉1-2-26　住吉ビル1A
電話 098-989-5107　ファクシミリ 098-989-6015
郵便振替　0-167-908
http://www.jca.apc.org/~aurora/

株式会社ムレコミュニケーションズ／印刷製本
ISBN 978-4-900245-17-4C0093 \2000E
JAN192-0093-0200-8

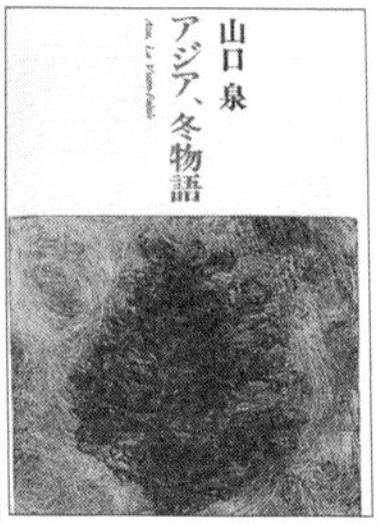

現代日本の「言論」の極北。

アジア、冬物語

Azio, La Vintro-Fabelo

山口泉

信濃毎日新聞連載「本の散歩道」一九八九・九〇年度版

■全五〇章＋補註＋索引二二頁付●四六判・上製・カバー装／総三八五頁

●定価一八〇〇円＋税

■日本図書館協会選定図書

■魂のふるえが文章を推し進めていくような文体に出会いました。誰の代理人でもない、この「わたくし」が発せずにはいられない言葉をくりだすという作業のみが、物書きの誠実を裏打ちするのだということをあらためて思っています。（日野市／O・Nさんの読者カードから）

■本書には、わたしたちが見えないと思いこんでいる現実があざやかに彫りこまれている。しかも、そんじょそこらのエッセイストの鈍感さなど比較にもならぬ鋭敏な感覚をもって、だ。その感覚に触発されれば、われわれもまた、魂の深いどこかに「かくあってほしい」ユートピアへの夢があることに目覚めるだろう。挑発に乗って、まず山口泉と〝論争〟してみようではないか。（井家上隆幸氏『量書狂読』三一書房刊）

■「豊か」で「平和」といわれる日本だが、近年その姿は一層見えにくくなっている。あふれるばかりのメディアのなかに現れる評論家などの言論に、私たちは何を見いだせばよいのか。その手掛かりを与えてくれる。（『信濃毎日新聞』一九九一年一〇月六日付）

■現在の日本では問題にされにくく、しかし最低限これだけは踏まえておかなければならない、という問題点が具体的な人物や事態や本（詳細な索引がありがたい）に即して網羅された本である。（小森収氏『サンデー毎日』一九九一年一〇月二〇日号）

■とりあえず背筋を伸ばして読みたい。（『宝島』一九九一年一〇月九日号）

■中央メディアが軒並み「日本は日本だ」という自明性にうつつをぬかした言説を流布している間に、アジア圏を含んだ視座から、メディアの表層を飾った数々の時事問題を巡ってなされた真摯な論考の数々は、今健全な知性がすべき作業がいかに膨大かを示す。「現在を荒野と感じうる、あなたに」という呼びかけで始まるこの論考を、孤独な作業のままで終わらせてはイケナイ。（『CITY ROAD』一九九一年一〇月九日号）

■底流にあるものは〈自由と平等〉をないがしろにする論理への透徹した批評精神である。刺激感いっぱいの状況論だ。（『CLIPPER』一九九一年一〇月一〇日号）

■エッセーという言葉から連想されるような気軽さはみじんもなく、おう盛な批評精神に貫かれた状況論といっていいだろう。（『河北新報』一九九一年一〇月二〇日付）

■表現する自己がどこにもない空疎な批評がまかり通る中にあって、ここにも一人、はっきりとした自己を持つ批評者が存在した。（伊達政保氏『ミュージック・マガジン』一九九一年一一月号）

■『アジア、冬物語』の提示するパノラマはすさまじい。意思と意思との格闘、生きること、生きていることの葛藤。……この人の〈読者〉でなかったことを悔しくさえ思っているのが偽らぬところだ。（野分遙氏『労働法律旬報』一九九二年五月上旬号）

■ポスト全共闘きっての硬派。（福嶋聡氏『よむ』一九九三年一〇月号）

オーロラ自由アトリエの本

精神と自由

——より人間らしく生きるために

森井 眞（明治学院大学前学長）
弓削 達（フェリス女学院大学学長）
司会／山口泉

なぜ、日本には「市民社会」が育たないのか？

一人ひとりが「精神の自由」を侵されることを、きっぱりと拒絶するには？一九八九年、昭和天皇死去の際、文部省の「服喪」通達に対し、大学としての「自治」の姿を示した二人の知識人による、深い示唆に富む対話。

いま、新たなファシズムの時代の始まりに、基本的人権を守り抜くため、改めて本書を——。

＊肩書きは、一九九二年当時

●四六判・並製・カバー装／総一五八頁 ●定価一五〇〇円＋税

季刊総合雑誌 ●A5判・一四八頁●定価各一五〇〇円＋税

創刊号（一九九九年春）「日韓新時代」の欺瞞
第二号（一九九九年夏）「脳死」臓器移植を拒否する
第三号（一九九九年秋）核は廃絶するしかない
第四号（二〇〇〇年春）いよいよ歴史教育が危ない
第五号（二〇〇〇年夏）沖縄が解放されるとき
第六号（二〇〇〇年冬）新たな戦争とファシズムの時代に
第七号（二〇〇一年春）絶対悪としての買売春

※季刊『批判精神』は、現在、休刊中です。バックナンバーのみの販売となっています。

■『アジア冬物語』の続篇、二〇一八年後半から順次、待望の刊行予定

日本レクイエム

Japana Rekviemo

——アジア冬物語 II

山口泉

一九九一年から二〇一二年に至る、この国の滅びの姿。『信濃毎日新聞』連載の「本の散歩道」「同時代を読む」「同時代への手紙」の未刊三大エッセイ二一七篇と、その後に『週刊金曜日』『ミュージック・マガジン』等の紙誌、さらにインターネットを通じて展開されつづけた、精神の戒厳令下の日本における「言論」の究極のレジスタンス。総三〇〇篇・二五〇〇頁以上。年ごとの分冊型式で、二〇一八年秋から順次、刊行予定。定価・刊行形態については未定。〝戦後日本〟は、いかに終焉すべくして終焉したか——。慟哭の年代記。現在、沖縄・台湾において、関連講座も企画準備中。

避難ママ——沖縄に放射能を逃れて

山口泉

愛する者の命は、自分が守ろう！　自分の頭で考えよう！

二〇一一年三月一一日、東北地方を襲った巨大地震と大津波に端を発した、東京電力・福島第一原子力発電所の大事故。放射能汚染から子どもを守りたいと、東日本から沖縄へと逃れた女性たちが、いま、語り始めた……。世代も、環境も、家族形態も異なる彼女たち「避難ママ」六人の言葉。子どもたちのこと。夫のこと。残してきた、さまざまな人びとのこと。ふるさとのこと。避難地・沖縄のこと。これからの日本と世界のこと。自らの「いのち」のこと——。政府の発表とは裏腹に、なんら収束してなどいない空前の原発事故の影響下、「被曝」の不安に苦しみ悩む人たちの役に立てば……。そしていつか、子どもたちが大きくなったとき、「避難」を決意した前後の気持ちを知ってほしい……。痛切な思いがほとばしる、稀有のインタヴュー集。各章に探訪記を、巻頭・巻末に解説を付す。

●四六判・並製・カバー装／総二五六頁●定価一四〇〇円＋税（テープ版読者会製作の音訳版CDも、同価格で発売中）

革新無所属

宮本なおみ

彼女を、みなが親しみを込めて「なおみさん」と呼ぶ。一九三六年、福島に生まれ、上京後、労働者としての青春時代を経て、七一年、東京都目黒区議選に初立候補、初当選。以後五期・二〇年を、革新無所属の区議会議員として、民衆と共に歩んできた女性の軌跡。平和・女性・自治・選挙をつなぎ、地域から「市民の政治」を追い求めた日々。もう一つの「戦後史」。日本の「民主主義」がめざしたものは、なんだったのか？　巻末に、解説インタビュー「時代の流れに身を任せたら闘っていた」（聞き手＝山口泉）を併録。

●四六判・上製・カバー装／総四〇二頁●定価二八〇〇円＋税

■この本を推薦します。

天野恵一（反天皇制運動連絡会）
内田雅敏（弁護士）
大倉八千代（草の実平和研）
高二三（新幹社）
高田　健（許すな！憲法改正市民連絡会）
富山洋子（日本消費者連盟）
林　郁（作家）
原田隆二（市民運動）
福富節男（数学者）
山崎朋子（作家）
井上スズ（元・国立市議会議員）
内海愛子（アジア人権基金）
上　笙一郎（児童文化評論家）
新谷のり子（歌手）
高見圭司（スペース21）
中山千夏（作家）
原　輝恵（日本婦人有権者同盟）
ビセンテ・ボネット（上智大学名誉教授）
保坂展人（衆議院議員）
吉武輝子（作家）

＊肩書きなどは、二〇〇八年時点

第3回平和・協同ジャーナリスト基金賞大賞受賞

さだ子と千羽づる

SHANTI《シャンティ》
（絵本を通して平和を考える
フェリス女学院大学学生有志）

一九九四年八月に出版された日本語版は、朝日新聞「天声人語」やNHKテレビ全国ニュースをはじめ、各マスコミでも大きく取り上げられ、刊行以来、多くの学校・職場・地域で平和教育に活用されています。

一九四五年八月六日、二歳で被爆してから一〇年後に、突然、発症した白血病で亡くなった佐々木禎《さだ》子さん。広島の平和記念公園に建つ「原爆の子の像」は、彼女がモデルと言われています。本書はフェリス女学院大学の学生グループが〝手作りの絵本に平和のメッセージを〟と、原爆投下に至る日本のアジア侵略の歴史も学びながら書き上げました。

一九九五年には韓国語版、九六年には英語版も刊行され、海外のお知り合い・お友だちに贈られる方もいらっしゃいます。

そしていま、東京電力・福島第一原子力発電所の大事故の影響が確実に拡がっています。新たな被曝の危機が進むなかで、核廃絶の思いを胸に、本書は読み継がれています。現在、中国語版も制作準備中です。

また本書は、出版以来、毎年八月四日～六日の広島・平和記念公園「原爆の子の像」の前で、読者有志による朗読会が行なわれています。25年目、四半世紀を迎える二〇一八年も行ないます。皆さまのご参加を呼びかけます。

■日本語版
◎本文カラー32頁・B5判並製
◎解説・山口泉
◎定価一〇〇〇円＋税

■朝鮮語版
◎定価一二六三円＋税◎解説・山口泉◎翻訳・徐民教＋現代語学塾有志

■英語版
◎定価一二六三円＋税◎解説・山口泉◎翻訳・SHANTI＋滋賀県立八幡商業高校生徒（当時）

辺野古の弁証法

ポスト・フクシマと「沖縄革命」

山口泉

◎四六判・上製・カバー装／総四一八頁 ◎定価一八〇〇円＋税

いま沖縄で、何が問われ、何が闘われているのか？「3・11」東京電力・福島第1原発事故以後、軍国主義ファシズムへと日本政府が狂奔するなか、琉球弧の人びとは顔を上げ、抵抗の声は止まない。二〇一三年に東京から沖縄へ移住、日本国家とウチナーとの懸隔を見据えつづける作家が、『週刊金曜日』『琉球新報』『沖縄タイムス』他の紙誌・インターネット等を通じ発信してきた、二〇一一年～一五年のメッセージ＋書き下ろし論考。「戦後」最悪の状況下、破滅の淵に立つ日本を、沖縄と東アジア・ヨーロッパの両極から照射する、困難の極みの時代のクロニクル。写真多数。

■本書は「暗澹たる時代」に抗う闘いの書であり、沖縄と日本の無告の民を奮起させる喚起力に満ちている。辺野古での闘いの本質を「沖縄革命」と規定し、普遍的な世界へ向う道筋と私たちが目指すべき社会像を示して読む者に迫ってくる。

——新川明（詩人・評論家）

■著者は、権力によって叩かれれば叩かれるほどに強くなっていく今日の辺野古の闘いを「辺野古の弁証法」と命名しました。光栄の至りです。辺野古の闘いはこれからもしなやかにしたたかにそして粘り強く闘われていくことでしょう。大輪の花もしぼめられた蕾から花開いていくように。本書の出版は、燃え立つような情念と透徹した論理とを併せ持って人々とその闘いを鼓舞し続けるものと思います。人々の「怒り」と「魂の叫び」を高らかに謳いあげ、闘いの最終的必然的勝利を確信せしめる本書の出版を心から祝うものです。

——山城博治（沖縄平和運動センター議長）

◎怒りの書である。二〇一一年末から昨年にかけて新聞や雑誌、著者のブログ等に発表された評論と、新たに書き下ろされた文章の随所から、この国の現状に対する著者の強い危機感がほとばしる。（略）だまされてはいけない。たとえば「感情に流されない理性的な議論を」といったフレーズが、原発に対する正当な恐れや怒りを、どれほど抑圧してきたか。だが、理性的とは、怒らないことではない。怒りを的確な標的に向けて過たず放つ。それが理性のはたらきだろう。勇気ある多くの正しい怒りが、相互の信頼に支えられて共振する。それが今、生き延びるために絶対必要なことだと、本書は訴えかけているようだ。

——松村洋氏（音楽評論家）書評「怒りを的確な標的に向けて過たず放つ」（『週刊金曜日』二〇一六年四月八日号）